边水往事

沈星星 著

天津出版传媒集团

天津人民出版社

图书在版编目（CIP）数据

边水往事 / 沈星星著. — 天津：天津人民出版社，2024.4（2024.9重印）
ISBN 978-7-201-20168-9

Ⅰ.①边… Ⅱ.①沈… Ⅲ.①纪实文学-中国-当代 Ⅳ.①I25

中国国家版本馆CIP数据核字(2024)第035592号

边水往事
BIAN SHUI WANGSHI

出　　版	天津人民出版社
出 版 人	刘锦泉
地　　址	天津市和平区西康路35号康岳大厦
邮政编码	300051
邮购电话	022-23332469
电子信箱	reader@tjrmcbs.com
责任编辑	金晓芸
特约编辑	郭聪颖
出 品 方	天才捕手计划
监　　制	陈拙
策划编辑	火　柴　大　书
封面设计	刘　哲
封面插图	超人爸爸
投稿邮箱	storyhunting@damozhou.cc
制版印刷	天津海顺印业包装有限公司
经　　销	新华书店
开　　本	880毫米×1230毫米　1/32
印　　张	8
字　　数	160千字
版次印次	2024年4月第1版　2024年9月第3次印刷
定　　价	59.80元

版权所有 侵权必究
图书如出现印装质量问题，请致电联系调换（010-64013140）

目　录

001 / 穿越国境线

017 / 黑暗领地

043 / 猴王的杀戮生意

071 / "条狗"

093 / 失踪的孩子

121 / 血色森林

149 / 边境新娘

175 / 无名老人

199 / 染血的粉笔灰

219 / 逃离金边坡

235 / 重返生活

穿越国境线

缅邦分为旱季和雨季，雨季一般是从5月份开始，由南部渐渐向北部扩散。

2009年3月的一天，明明是旱季，天空却下着细雨。空气微凉，地面湿滑。我揣着一本《泰语入门》跑到这个陌生的国度。

出发之前，因为担心语言不通，我特意去书店买缅语字典，但是因为太小众，书店没得卖。有朋友告诉我，缅邦人很多都能听懂泰国话，我就买了《泰语入门》。过来之后我发现，中文才是边境地区的主要语言，普通话夹杂着闽南语、潮汕话、贵州话、重庆话等，像一个嘈杂的农贸市场。

我进入缅邦境内的第一站是拉孟，在八九十年代，这里一直是毒品输出的主要站点之一。后来因为毒贩太多，"名气"太大，被邻国联合打击。

当我听摩的司机说，之前道路两侧漫山遍野种的全是罂粟花，现在被拉孟特区政府铲平，变成了香蕉林。经过十来年的治理，拉孟的支柱产业开始从制毒贩毒，转变成博彩。我到的时候，大大小小的赌坊遍布整个城市，麻将室、牌九屋在路边随处可见。

当天晚上，我住进一家小旅馆，旅馆的名字我已经忘了，只记得老板娘黑黑胖胖的，是个老挝人，中文却很溜。我坐在大厅和她聊天。

"你过来这边，是做什么的？"她问。

"我是来贩毒的。"我用玩笑的语气回答。

老板娘顿时大笑起来，说："那你没赶上好时候，之前我也是做这个的，后来行业不景气，才转行开的旅馆。"

老板娘带我去看房间。踩着木楼梯，来到四楼。房间很小，一张弹簧床占据着大部分空间，没有窗户也没有家电，只有一盏拉绳小灯和一台发黄的电扇，床单和被套有些许异味。

我在房间里闷得慌，决定出门转转。

拉孟的街道不算干净，但也没有想象中那么脏乱，普普通通的小县城模样。如果说有什么区别，莫过于夜晚的主街两旁，花花绿绿的长条板凳上，坐满了浓妆艳抹、衣着暴露的女人。我后来才知道，在这里，如果你看上哪个女人，直接过去拉起来就走，甚至不用问价格。因为坐在这儿的女人，和摆在超市里的鲫鱼罐头一样，都有一个标准的价格区间。

次日一大早，我搭上去往达邦的中巴。达邦离拉孟一百多公里，要坐三个小时的客车。我要去那儿寻找"接头人"。

从拉孟到达邦，就像从旅游城市去到偏远山区——穷、破、狠、凶。在达邦，我终于体会到什么是真实的缅邦。

达邦是亚邦重镇，是缅邦第四特区、缅邦政府控制区，以及亚邦三股势力的交界，有一条追夫河从城中间缓缓流过。下了中巴，走出车站，随处可见破旧的砖瓦房。路是黄泥路，被牛粪和污渍沾满。

我走在达邦的街上，很快发现街上的人都直愣愣地盯着我，脸上带着明显的厌恶和冷漠。每个人都认出我不是本地人，甚至不是缅邦人。

我下意识地低头走，努力让自己的视线不和他们产生交集，避免发生冲突。但人算不如天算，因为低头走路，步伐又比较快，我还是一不小心撞到了人。

我抬头看去，是个十六岁左右的男孩儿，我立刻向他道了歉。后来才知道，在这种地方，人是不能随意道歉的，因为很多时候，这意味着你可以被欺负。

当时，或许我用英文说声"Sorry"就没事了，哪怕用泰语说个"阔拓"也能翻过去，偏偏，我的第一反应是说"对不起"。

气氛很快就不对了，被撞的男孩儿立马站住，一动不动地盯着我，不多会儿，我的周围就多出了几个人。看到他们手里没有"家伙",我悄悄松了口气。他们把我围了起来,被撞的男孩开口说话,叽里咕噜一堆,我一句都没听懂。

语言不通,我想破财消灾,就从口袋里拿出十美金递给了他。

在缅邦,除了几个主要的旅游城市,其他地方都不怎么接受人民币,外来货币全是用美金或者欧元,而且给的钱一定要干净,不然缅邦人是不要的。

我可以很清楚地看到,那个小子接过钱之后,旁边的人眼睛瞬间亮了起来。他们盯上了我的口袋并很快挤了过来,两个人卡住我的脖子,给了我两拳,其他人一哄而上,抢光了我身上所有的钱。

我不是没想过反抗,可十五六岁的小年轻下手是最没轻重的,他们人多势众,我不敢硬拼,何况这里人生地不熟。拉孟虽然暗流涌动,但在缅邦已经相当于旅游城市,因为过于混乱会影响赌场收入,所以有军队维持基本秩序,绝不可能出现在大街上公然抢劫这种事。但达邦是政府军和地方军争夺的前线,城头常年变换大王旗,抢点东西根本没人管。

我从地上爬起来,活动了一下筋骨,感觉并没有受重伤。可钱被抢光了,这意味着我必须尽快找到"接头人"了。

我来到缅邦,是为了"赚一笔大的"。

在国内时，我在一家小额信贷公司工作，公司的老板姓林，大家都叫他坝子哥，他人不高，却很壮，手臂有一般人的小腿粗。坝子哥原先是火车站一片的混混，后来慢慢笼络了一帮人，在火车站做起了黑车和旅馆生意，没想到后来越做越大，陆续开了三家放贷公司。

我在坝子哥的公司帮他收贷，时间长了，慢慢成了坝子哥的亲信。一天，坝子哥把我叫了过去，问我想不想发大财。我不敢拒绝，只能说想。

几天后，坝子哥带我去见了一个人——四爷。

四爷是坝子哥的老板，看着年龄不大，四十出头的模样，戴一副金边眼镜。人却客气得不得了。我进屋以后，他还专门帮我泡了杯茶，又分给我一支烟，让我受宠若惊。

"我听说，你很机灵，也很能干。"四爷先夸了我一句。我连忙说道："都是坝子哥的栽培。"

四爷笑着摆摆手："你知道这次找你来是干什么的吗？"

我摇摇头，四爷继续说："公司现在出了点小问题，需要有一个人能够站出来。"

四爷给自己点了根烟，说："我看你就很合适。"

我以为自己的机会来了，立马挺直胸膛，声音都微微大了起来："只要四爷您信得过，我肯定努力。"

四爷看着我点了下头，接下来又问："你想不想知道我是做什么生意的？"

这阵仗弄出来，不想知道也不行了。

四爷是做金边坡"边水"生意的，就是负责给金边坡那边的势力提供生活物资，运些饮料、零食、药物什么的过去，利润很大，活儿也很轻松。

他说金边坡那边原来的负责人出了点事，现在急需人补上去，坝子哥就推荐了我。

我之前也听过一些小道消息，据说金边坡那片，一瓶可乐可以卖到100块人民币，一包薯片都是50块起步。

问题是，这是金边坡的深山老林才能卖到的价格，那里面可是毒贩子的老窝。

我第一反应是退缩，但看到四爷和坝子哥直勾勾地看着我，四爷还拿着烟嘴不停地在桌面上敲打着，只能硬着头皮点了头。

从四爷处回来没两天，坝子哥就催促我动身了。因为之前刚被缴了一批大货，边防查得很严，他们说不方便送我出去，免得目标太大，只给了我缅邦联系人的大概地址和名字，让我自己想办法。

来缅邦的时候，我并没有带手机，坝子哥说带了也没有什么用，我得到的唯一信息，是追夫河畔有一排当地人盖的木屋，我要找的人就住在其中一间里，门把手上系了红丝带。

我沿着追夫河畔走了四五个来回，木屋倒是有一排，可什么颜色的丝带都没看见。

我漫无目的地在达邦的大街上转悠,又累又饿,正打算走进一间庙宇坐下来休息,这时有个缅邦人从后面拍了拍我的肩膀。我抬头看去,对方又黑又瘦又矮,穿一身短裤短袖拖鞋。我以为又是来要钱的,那人却指了指外面,示意我跟他走。

他带我回到追夫河畔,走进其中一间木屋,屋里摆了张桌子,坐了两个人,左边的人开口问我:"你是来做什么的?"

"找人的。"

"找什么人?"

我说我也不知道,只知道要找的人住的地方门上系着一条红丝带。

"哦,对的,那就是你了。"跟我说话的人大约四十岁左右,中等身高,脸型方正,颧骨略微凸出。

那天,他笑眯眯地对我说:"其实你第一次经过这里的时候,我就已经发现你了。"

我有点气恼,问他:"那你干吗不叫我?我走了很久。"

"有人早就把你的照片通过邮件传给我了,但我对你不熟悉,所以一直在对照片。"

"噢。"我恍然大悟,但随即又想到一个问题,"可是,你门口没有红丝带啊?"

他大笑,"哪里有什么红丝带,都是骗你的,那么说只是为了让你多转几圈,好让我们观察。"

过了一会儿,他又和我说道:"其实你到拉孟的时候,打我电话就行了，我能去接你。"

"但我没有你的电话啊。"

对方耸耸肩："因为你们那边不同意，说一定要让你自己过来，一方面是为了安全起见，一方面是顺便考验下你的能力。"

我无言以对。

和我说话的人叫猜叔，会说三国语言，中国成语会的比我还多，未来的日子里，他就是我在缅邦的老大了。

猜叔要我好好休息几天。我住在他的木屋里，木屋很大，有五六个房间，卫星电视、冰箱、微波炉，什么都有，冰箱里面还装满了食物。

一连四五天都没人来找我，我也乐得清闲自由，每天吃了睡睡了吃，躺在竹席上，听风吹过河面的声音。

几天后，猜叔带了几个人来："这就是之前抢你钱的人，随便打吧。"

猜叔的随从把他们摁在地上，我看了看面前的人，其实已经认不出他们的长相了，这些人也不是什么匪徒恶霸，就是当地农户的孩子。我又想，如果不打的话是不是显得自己太怂了？

我被抢的钱大概有三四百美金，这么几天时间，这些孩子是花不掉的，但他们会把钱藏起来，宁愿被打一顿也不想还。

猜叔坐在旁边烧开水，屋子里的人都非常平静，被打的人也很平静，只有拳头击打肉体和我一个人喘粗气的声音。

打完以后，猜叔问我："你要不要喝水？"我说好。

这件事了结了，我也要开始工作了。我住的木屋旁有个小广场，广场上停了一排好车：宝马、路虎、凯迪拉克。猜叔指着一辆蒙着灰尘的宝马三系告诉我，这辆车，开了两万公里，大概能卖三四万人民币。

金边坡这边吃的很贵，车子却非常便宜。我问猜叔，有门道把这个车卖到国内去吗？

猜叔对我的问题嗤之以鼻：就算有门道，轮得到你吗？

猜叔开车带我熟悉路线，在缅邦，路上跑的最多的还是我们开的丰田坦途，国内得三四十万，很多富二代玩腻了跑车越野，就开着这种皮卡在街上招摇过市。它在这里只是最常见的通勤工具，开厂开矿或者办企业的基本上都有几辆，用来拉人送货，基本相当于国内的五菱之光。

我们开了三个小时，来到位于达邦北边的勐彭县，在某间废弃的仓库里接到了要运的货物，都是些泡面、火腿肠、矿泉水，并无毒品枪支或是炸药一类。

我们把货物搬上车，盖上遮雨布，继续走五个小时山路，来到另一座小镇。把货卸到一栋平房里，我的任务就到此为止了。

这个环节叫"接水"，和我对接的小伙子叫梭温，他负责的活儿叫"走山"——直接把货运到深山老林里——是最危险且最重要的一环，我可不想碰。

回去之后，猜叔和我说，他只带这一遍，以后这条线就我一个人负责了。

我告诉猜叔："可我不会开车呀。"猜叔愣了："不会开车你来干吗？"

你以为我想来啊？我心里嘀咕。猜叔则有些气恼的样子。

接下来一个星期，猜叔用那辆自动挡的坦途，硬是让我学会了怎么样在崎岖的山路上跑。有意思的是，缅邦的道路是靠右行驶的，但这里很多车子都是日本过来的，而日本都是右舵车，所以就出现了右舵车靠右行驶的现象。

我第一次接货，猜叔就以为我挂在半路上了。

那天，我是早上6点出发的，顺利的话，下午三四点就能回来，我硬是拖到了晚上9点多。

路途中到处都是问题：缅邦山路路况极差，根本不敢开快，况且分岔路特别多，稍不留神就会开错地方；路上会遇到各种卡哨对你盘查，有时候是政府军，也有时候是地方武装，得解释半天才同意放行；到了目的地之后找不到装货的仓库；和梭温沟通牛头不对马嘴，总之充斥着各种各样的意外情况。

回到达邦以后，猜叔见到我第一眼就笑了："你还活着啊？"我已经累得没力气回他话了。

在这条给毒贩供应给养的链条里，我的任务就是开车装货，卸货，和接头的梭温核对数量。一个星期走三次，跑一天休息一天，每批货赚两万，我能得两千。

几次"接水"之后，我对走货的路线已经相当熟悉，对物品的价格也有了一些了解，虽然没有我想象的那么暴利，但是利润也相当可观。

我问猜叔，一瓶可乐我们卖人家20块人民币，那些人为什么要找我们买，不直接去当地买？

猜叔解释说：这些都是要运往他们最核心的老巢，因为势力划分和政府打压的原因，地点不能让外人知道，只得找自己人来做。

说到底，他们信任猜叔。

其实，送进去的这些可乐方便面都是假的，那里面有很多人一辈子没出过大山，如果第一次吃到的东西就是假的，那么以后也能接受假可乐假方便面的口味。

我又问："猜叔，为什么这些人把活儿都给你做啊？"

猜叔没说话，默默地把衣服脱了，指着身上的伤疤和弹孔，跟我说：这一处，是几几年替谁挨的枪子，这一处，是几几年帮谁挡的刀。

我不能有自己的手机，和外界联系只能去镇中心打电话。

镇上有猜叔的耳目，我不敢一个人贸然去，怕招来猜忌，只有趁送货的时候和猜叔一起。

我下车打电话的时候，猜叔也自然而然地跟在我旁边，像是本来就应该那么做一样。我有些不自在，想让猜叔回避，看着他的脸却不敢开口。

电话那头的妈妈说:"你要注意身体。"我听完点点头,猜叔在我身旁也点点头,一脸慈眉善目,像是和我一起分享家人带来的温暖。

猜叔对我不错,隔三岔五会来小木屋找我喝酒。他是中国文化的深度爱好者,会背的古诗词比大部分中国人还多,我的古诗词都是从中学课本上学来的,许多猜叔会背的,我听都没听过。

猜叔最常找我做的事就是在缅邦炎热寂寞的空气里喝酒,聊他心目中过去的好日子和旧日荣光。

我想,他对我和对其他手下有点不一样。

有次,酒喝得正开心的时候,我问猜叔:"你老婆呢?"

猜叔本来正在笑,突然一下子恢复平静,嘴角从弯曲抻成直线。后来我才知道事情的真相。猜叔的老婆很久以前就被仇家杀掉了,扔进了追夫河。

不和我喝酒的日子里,猜叔最常做的事情是躺在家里的躺椅上,不知道想些什么。他偶尔也会去拉孟赌博,每次去赌场赢了钱,就会拿一些糖回来分给小孩子。

猜叔的老婆以前很爱听八九十年代港片里的流行歌,他会叫人录成磁带。当猜叔躺在躺椅上的时候,屋子里只有香港老歌的声音流过。

过了半个多月,我路线熟悉得差不多了,猜叔特地请当地的头头脑脑吃了一顿饭,带我单独敬了一圈酒,混个熟脸。从此，我也算进入这个"圈子"了，不再是金边坡菜鸟。

送货经过村镇的时候，偶尔会有老人妇女站在路中间，语言不通，我也不知道他们要干吗，后来猜叔跟我说，给他们一些粮食就行了。从那以后，我出门送货都会提前在皮卡的后座上预备一些小包装的大米或者小桶食用油。

我开始对这份工作感到满意了。虽说是给毒贩送给养，但不直接和毒贩打交道，也接触不到毒品，就像普通的卡车司机一样，工资还挺高，半年下来，我存了十几万。

我至今还记得，在离开国内的汽车上，坐在我旁边的是一个姑娘，年纪应该和我差不多大，戴着一副黑框眼镜，脸圆圆的特别可爱，眼睛里充满了对这个世界的善意。

一路上时间很长，也很无聊，我和她攀谈起来。她说自己是大学生，学的是金融管理，喜欢周杰伦，喜欢甜食，最怕狗和蛇，正在计划一场去全国各地的旅行。

她问我："你也是大学生吗？"

我故作沮丧地说道："我连大学的校门往哪边开都不知道。"

她可能觉得不好意思，想安慰我，但又不知道该怎么做，只能悻悻地说："其实没上过大学也挺好的，可以更早赚钱，真的。"

沉默了一会儿，她又问："你平常都喜欢做些什么啊？"

我想了一下，回她："喝酒算吗？"

她给了我一个白眼，又俏皮地笑出了声。

她很兴奋地和我描述她的大学生活。比如，他们学校食堂的阿姨长得很漂亮，他们的宿管把想要混进来的男生赶出去，他们的政治课老师结婚十年还没有孩子……

我根本不明白这些事到底哪里有趣，但她脸上始终洋溢着灿烂的笑容。

那段旅途很长，在汽车的颠簸中，我很多记忆都缺失了。只依稀记得，她曾经问过我一个问题："你是去旅游吗？"

我假装一个成熟男人的口吻，回答她："工作。"

如果不是接下来在缅邦发生的事情，我可能会一直在这里干下去。

黑暗领地

人是适应性很强的动物。我在金边坡待了一个多月，渐渐习惯上了这里的生活：酸辣口味的饮食、花裤衩的穿着和随处可以见到的缅邦人。

"边水"的工作不仅轻松赚钱多，危险性看上去也不大。我闲暇时窝在房间里看电视，眼睛酸了就把钓竿伸出窗外钓鱼，日落后听河风吹过竹屋的声响，几乎找不到一丝不满意的地方，感觉自己来到了天堂。

但随着我待的时间越长，接触到的人越多，才明白这一切都是假象。金边坡秀美的风景下，掩盖的是无穷的罪恶。

在这里，可以看到手臂插着针管的吸毒客躺在街边，也可以看到拎着土枪的童兵上街买菜，浑身赤裸的老妓女蹲坐在店门口，街边的小贩用罂粟壳熬汤浇入鱼饭，哪怕一个不起眼的小卖铺都可能是偷渡的蛇头据点。

金边坡的每个人眼里，似乎都有故事。

我单独出门跑了几趟货,业务熟练后,猜叔对我逐渐信任起来。一个周末的早上,他去赌坊玩的时候带上了我。

"去哪一家玩?"我们去的地方是小拉孟,刚下车,猜叔就对我问道。

我想了一下,"找家中国人开的就行。"

猜叔听完笑出声,告诉我小拉孟百分之八十以上的赌坊都是中国人开的,想找一家缅邦人开的才不容易。

金边坡和澳门的赌坊没有太大区别,都是采取外包制:一个赌坊划分成若干个赌厅,每个厅出租给不同的老板。因为承包的老板大部分是一个省市的地头蛇,带来的客人自然也多是相同地方的熟人,所以会出现一个厅都说福建话或者广东话的现象。两地赌坊的具体玩法差不多,最大的区别可能是金边坡更加赤裸和暴力,对赌客所需的服务满足程度更高。只要有钱,你可以做任何想做的事,不用考虑法律和道德,因此,慕名而来的赌客又管这叫"黑场"。

我那天玩的是百家乐,上台后手气一直不好,买龙龙断,吃跳跳连,就想去厕所洗掉晦气。

等洗完手,站在旁边的侍应生递给我一条毛巾,我下意识地说了声谢谢,侍应生立马开口问我,是不是来自浙江某地?

我犹豫了一下,还是点了头,问他怎么知道的。

"你和我一个朋友说话声音很像。"他揉着后脑勺有点不好意思。

就这样,我们两个搭上话了。侍应生叫张浩,十八九岁的年纪,长相比一般边境讨生活的年轻人白嫩些,个子不高,鼻尖的位置有块红斑。

我们聊了一会儿,说着家乡和生活,张浩突然看着我说:"你不像是过来赌的人。"

"为什么?"我问。

"你对我说话太客气了。"张浩说着,脸上浮出笑容。

他说来这儿的赌客都特别极端,赢钱后很大方,运气好的时候,100块人民币随手就给你,可是一旦输钱,稍微一个招待不周,他就会扇你两耳光,像我这样平等和人说话的很少。

张浩早年丧母,家里只有病弱的父亲和十六岁的妹妹。父亲腰椎间盘突出做不了农活,妹妹天生双脚残疾,家庭的重担全压在张浩肩上,他很小就辍学进入工厂贴补家用。因为妹妹是残疾人,想嫁出去就得拿出一大笔嫁妆,不然只能嫁给烂赌鬼或是四五十岁的光棍。

因此,张浩看到街头招聘广告"包吃包住,每个月净赚5000元"的时候心动不已。

"来到金边坡,努力就发财。"张浩说,这句广告词他到现在都记得。

"每个月能拿5000是挺好的。"我说这个工资在金边坡已经算高了。

张浩却摇摇头说,并没有这么高,固定工资就2000

块,其他都要靠小费。

他告诉我,赌坊的小费不好拿,这里的赌客非常坏,经常有一些变态要先摸身体才会给钱。

"我最怕轮到我值日的日子。"赌坊的侍应生经常会轮岗,值日就是待在厕所帮人递毛巾,整理衣服之类。有次,张浩在厕所被两个大赌客侵犯,虽然事后得了1000块人民币,但他很痛苦。

张浩和我聊开了,就问我是过来这边做什么的。我觉得张浩单纯,想要逗他,故意骗他说自己是赌坊巡场的,专门负责监管赌场的治安,比他这个最底层的马仔高一个级别。

张浩知道我是同行后,第一反应竟然是问:"那你是偷跑出来玩的?"

我点点头。他赶紧拉着我走到角落,很严肃地告诉我不能这么做。说我们这些做小弟的,只能在本赌坊玩,不然就是吃里爬外,被老板抓到会被打死。

我反复说自己一定会很小心,让他不用担心。

张浩的举动让我对他有了好感,之后再来小拉孟玩,我经常找张浩,请他吃饭喝酒,算是帮他减轻点经济压力。张浩每次见到我都神情紧张,生怕我出意外。

和张浩一起过来的还有个同乡,我只和那人聊过一次天,印象里和张浩长得挺像。

有天我又过来玩,还没坐上台子,就被张浩叫出去,他难得请我吃了个20块的抓饭。

我们两个蹲在小摊边上,张浩吃着吃着眼睛就红了起来。我问怎么了,张浩说他同乡死了,上星期的一个晚上被人用绳子勒死了,尸体就丢在房间门口。报案之后,小拉孟的警察过来看完现场就离开了,后来再没任何音讯。

金边坡地区的执法机关受贿十分严重,对赌坊、野生动物交易市场、妓院、吸毒房这些常规灰色地带从来只是做做样子,除非遇到死伤十多人的案件,一般都是拖着。等到第七天,老板赔了8万块给死者家属,这件事就当过去了。

我正愁不知道如何安慰张浩的时候,他反倒对我说:"挺好的,挺好的。"

张浩觉得,起码家里人还能拿到钱,不像一些黑赌坊,手下死了直接就地埋葬,对外宣称这个人被开除或者是外出办事。

在金边坡,死人的概率不大也不小,就像你走在繁华的步行街,知道一定会遇见乞丐,却不知道会在什么时候遇见罢了。

"你有想过回去吗?"等到张浩情绪平复了一些,我问他。

张浩说,其实这边还不错,像他们这种没读过多少书,也没有一技之长的穷苦孩子,找份收入还可以的工作十分不易。每个月都能按时汇钱给家里,他已经很满足了。

张浩还反问我,如果他现在回去的话,妹妹怎么办?

家里的开销怎么办？家里的地得花钱雇人种，房顶一直漏雨也要拿钱来修，父亲想去卖早点需要买工具，零零碎碎和我说了一大堆。

过了很久，他才朝我深深叹了口气。张浩最大的梦想就是存够10万块钱，给妹妹1万元的嫁妆，带父亲治好腰，在家乡的村子里开一间小卖部，最后再盖个新房，娶个老婆。

"现在10万块可做不了这么多事。"我对张浩说。

张浩看着我说，他知道，但是不敢想再多了，怕自己有命拿没命花。10万块对马仔来说真是一个很大的数字。张浩每个月最多只能存下两千元，这得做满整整五年才能实现。但有时候，张浩害怕自己等不了那么久。

在我快要离开的时候，张浩自言自语似的说："我死了以后，老板应该也会给钱吧？"

我没说话，只是拍了下他的后背。

与张浩所在赌坊间隔一条街，有家"拉孟城东新赌坊"挺出名，名字稍显俗气，但过来玩的赌客喜欢管这里叫"百花坊"，称呼赌坊的荷官为"花仙子"。

顾名思义，这里的荷官质量高，都是些面容姣好、年轻丰腴的缅邦姑娘。她们来自金边坡几个主要赌城的周边农村。

优质的美女荷官一定是专门培育的。一旦有年轻貌美的姑娘长到十四岁，就会有赌坊的工作人员找上门，提供

"教育经费",找老师教她们看书识字,学习简单的中英文口语,练习站姿、仪容、骰子、算数、发牌这些基本功。一个"花仙子"的培育周期大多在五到八个月之间。这段时间内,姑娘的吃穿用度比之前奢侈些,赌坊明令禁止她们参与农活或是帮忙家务,直到通过赌坊的考核入职。

基本工资加上负责的赌台提成,荷官每个月普遍可以拿到七八千人民币,这在金边坡算是非常高了。因此荷官是缅邦姑娘梦寐以求的职业,安稳、富足、没危险。

"这工作真的有这么好吗?"我问过一些荷官。

她们都对我摇头,有个荷官甚至给我看她背部的鞭痕,告诉我这是金钱在身体上留下的痕迹。

我常来小拉孟,却很少进这家赌坊玩,多是选择待在门口缅邦风味手抓饭的摊子上。

缅邦人有名无姓,取名也随意,五千多万人只在一百多个单词里挑选组合,因此有很多同名的人。为了方便区分,大家会互相加一些称谓,比如"哥"表示兄长,"玛"代表姐妹。缅邦人对称谓十分在意,认为这是佛制定的规则。

这家摊子的老板叫桑帛,但很多年纪比他大的人都叫他"哥桑帛"。在缅邦,只有当别人觉得你是一个诚实勇敢的人,才会得到这样的尊敬。

桑帛很年轻,不到三十岁,长得高壮,脸偏圆多肉,脖子上挂满大小不一的佛珠,左手小拇指少了一截。他眼睛小,又喜欢笑,通常你只能看到他脸上露出两条缝隙。

我第一次过来买手抓饭,忘了带现金,就说回赌坊拿一下。"没事,下次过来再付钱。"桑帛摇头,说的是标准中文。在金边坡,像桑帛这样信任外国人的缅邦摊主可不常见,他让我有了一丝兴趣。

"你中文说得真不错。"我试着找话题和他接触。

桑帛愣了一下,笑眯眯地说自己虽然没文化,但是同其他缅邦摊主一样,都愿意花心思去讨好外国人,说好你们的语言是其中最重要的部分。

桑帛是一个非常虔诚的佛教徒,只吃素食不杀生,每逢初一、十五和生日那天,他都会步行到十公里外的一个小寺庙祷告,沐浴斋戒,光着身子在太阳底下暴晒。他还会把每个月赚来的钱捐一半到功德箱,当作修建寺庙的经费和对僧侣的供奉。

"你不心疼吗?"我知道缅邦人都信佛,但是在金边坡,很少见像桑帛这样不在乎金钱的。

桑帛盯着我看了一会儿,摇摇头,说他给佛其实就是给自己,他需要赎罪。

后来我同桑帛混得熟悉些,才知道他想要赎的罪是什么。

桑帛家中没有大人,早年间都死在民族武装冲突的争斗中,他靠着这间寺庙每天6点向穷人发放的剩饭剩菜才勉强活下来。

"本来我应该在二十岁的时候进庙做苦行僧,但是我遇到了突发情况。"桑帛说那时候他遇到了一个女孩,是

"百花坊"的一名荷官。

桑帛开始的工作是帮人看车,赚钱虽然不多但过得还算开心,等到他有了女朋友,就想着不能这样下去,这才向朋友借了点钱,开始摆起小吃摊子。

"按照你们的说法,我是努力在给她未来。"桑帛说这话的时候,看着我笑了起来。

桑帛以前是在其他地方摆摊的,有天晚上提前收摊,来到"百花坊",看到有三个赌客正要强行搂抱他女友。

荷官长得美,经常会被输红眼或者醉酒的赌客调戏,如果超出言语挑逗的范围,赌坊的工作人员就会出面制止。可这次工作人员因为这三个人是大赌客,在赌坊消费额度很高,不敢像平常一样制止。

就在他们紧急联系主管的时候,桑帛冲上去,把其中一个人的肋骨打断了几根。

事后,桑帛被迫向赌客们道歉,赔了很多钱,女友则被扣了几个月工资。

自那之后,桑帛就把摊子的位置转移到"百花坊"门口,自己时不时进入赌坊看看,确保女友没有危险。

本以为这件事就这么结束了,隔了没多久,又有一伙赌客过来调戏他女友,这次赌客是用冷水泼,让女性湿身,身体轮廓得以显露出来,很幼稚很低级的手段。

桑帛又打了人,赔了钱。

也许是两次打架经历让桑帛在赌客里彻底出名,很多输钱的赌客会想要当着桑帛的面调戏他女友,激怒桑帛殴打自己，好换取一些赔偿金。

如此反复四五次。终于有一天，桑帛忍不住在一个调戏过他女友的赌客过来买煎饼的时候，用竹签戳瞎那人一只眼睛。

我问桑帛："别人只是嘴上调戏你女友，你就把别人戳瞎，会不会过分了点？"

"如果换作是你的女朋友呢？"桑帛一字一句地问我。

"你们的人不诚实。"桑帛摸着左手断了一截的小拇指和我说，少的那一截是他自己用牙齿咬断的。

瞎了眼的赌客说，只要桑帛切断自己一根手指，就当没发生过这件事。桑帛没有多想，他觉得自己犯了过错，就照做了。

没想到赌客看着桑帛做完这一切后立马报警，还送贿给几个商会的老板，让他们托关系把桑帛弄进牢房。本来只需要赔钱，最多关押三个月的罪责，硬是延长到两年。

虽然瞎眼赌客特意给牢房里塞过钱，要人好好"招待"桑帛，但是桑帛并没有受到折磨。他们认为桑帛是一个英雄，包括监狱警察在内都不会刻意为难桑帛。

"你是英雄？"我问桑帛。

桑帛很认真地看着我："对很多缅邦人来说，我是英雄。"缅邦女人大多观念开放，很少有从一而终的想法。桑帛在牢里待了两年，他女友就在外面等了他两年。"百花坊"的老板是缅邦人，虽然厌恶桑帛给他带来的麻烦，但并没有为难他女友，反而还帮忙调解了一些暗处的矛盾。

"当天，我们就结合了。"桑帛说他出狱后，就带着女友朝拜抚养他长大的寺庙，向里面的老和尚讨要了一杯佛水，两人同杯饮尽，就算是完成了结婚仪式。

婚姻生活状态下的桑帛沉稳许多，他重操旧业，脾气看上去愈发温和。每天上街摆摊都会多拉一个车子，就为了装更多的折凳。

"很多输钱的赌客没钱住宾馆，我就会叫他们在凳子上坐一会儿，给他们拿点吃的。"

桑帛说起他每天要免费送出去很多煎饼时，我竟然有些肃然起敬。

我问他还恨不恨那赌客。

"伤害总是不对的。"桑帛说他在狱中的时候，开始很气愤，但渐渐学会宽容后，就产生后悔的情绪。他认为眼睛是佛赐予一个人的礼物，不应该被他随意剥夺，这是很严重的罪。

桑帛的事让我若有所思。金边坡和其他地方并没有太大不同，有好人也有坏人，可能只是碰到好人的概率小了些。

桑帛的妻子我仅仅见过一面，一起吃饭时，她让我仔细观察桑帛的脸，问我有没有发现桑帛的鼻梁骨塌陷了一小段。她告诉我，这是桑帛亲手用石头砸进去的，他希望通过自残的方式赎罪。

达邦很热，不是干热，是闷热，像被一个大锅盖扣在锅里，下面加柴火不断蒸煮，让人根本喘不过气。

等到7月份，缅邦完全进入雨季，开始经常性降雨，雨意夹杂着凉风，就会让人十分舒服。

阿珠就是在这样一个雨季的午后，来到我的身边。见到她的第一眼，我觉得这个姑娘好漂亮。

阿珠是个妓女，混血儿，说话细声细语，有点害羞，没有缅邦当地人的凶悍劲。她有双狐狸一样的眼睛，特别开心的时候，眼皮微微颤动。

她会一丁点中国话，在知道我是中国人之后，她用不标准的中文和我说："你好，见到你很高兴。"这让我笑了好久。

那天下午的交流其实很困难，我们的英文都不好，只能拿着英语字典聊天。想要对阿珠说什么的时候，我就翻动字典，把那个单词指给她看。这样的聊天很麻烦，有时我干脆比画给她看。

当我把手放在她的脸蛋上，我觉得她应该懂得我想说的话。

阿珠告诉我，她今年十七岁，从小没有爸爸，前几年跟着妈妈在其他国家生活。半年前妈妈去世，她没有朋友没有家人，只能做妓女。

"你做这个多久了？"我问阿珠。

阿珠歪着脑袋，伸出两只手掌，在我面前晃了晃，然后把指头一个一个放下来，最后留下一个拍照常用的"耶"，对我比画道："两个月。"

"可惜。"我小声说道。阿珠瞪大眼睛看着我。

我看她一脸好奇，就对她解释："我说可惜没有早点遇见你啊。"

阿珠明白以后笑了笑，将我的手掌放进她的手里，侧脸贴了上去，我感觉手背热乎乎的，她的眼神好温柔。

我对阿珠说："你这么年轻，不应该做这个。"

她看了我一眼，轻轻笑了起来，眼睛眯成一对月牙，笑了好一阵儿，才止住情绪，语气略带点沮丧，说从前她的妈妈就是做这个行业，现在妈妈死了，她不知道自己还能做什么。

我又问阿珠："你原来在国外挺好的吧？为什么会选择来缅邦这边呢？"

一般来说，这里的性工作者都有她们职业化的工作笑容，那是长久练习的成果。但当我问起这个问题时，阿珠不再微笑，她看了我一眼，低下头，也不说话，整个人沉默极了。

我看她这个模样，心里有些难受，就对她吹了声口哨，然后使劲张开双臂，像一只大鸟。

她抬起头，用略带迷茫的眼神看着我，一会儿工夫才反应过来，猛一下就扑到了我的怀里。

和阿珠在一起的时间过得很快，不多时，天色已经暗了下来，就连窗外的雨也停了。

她站了起来，和我说："我走了。"这次她说的是中文。

房间不大，阿珠一小步一小步地走着，时不时回头看我一眼。

我不知道该怎么形容她当时的眼神，只觉得仿佛有什么东西在闪。在她即将离开视线的时候，我叫住了她。

阿珠转过头来，用充满疑惑的眼神看着我，我的喉咙却像被堵住了，说不出话来。

相对无言，我只好起身打开冰箱的门，指着里面的牛奶零食对她说："我这里吃的有很多，你可以经常来我这儿玩。"

她"扑哧"一下笑了出来，高高举起双手，对我比了两个大大的 OK 手势，走出了房门。

这次她走得很轻松，没有回头。

过了几天，我没忍住，又叫阿珠过来。这次我们住了一个晚上，第二天清晨 5 点多的时候，我醒过来，看到阿珠正盘坐在椅子上，双手撑着脑袋靠在窗户上，注视着什么。

我起身来到阿珠的身边，顺着她的目光看过去，是附近的阿婆在早起洗头。缅邦人不太爱干净，也不常用洗发水洗头。阿婆摘了一种河边上的野草，擦在头发上，再用不太清澈的河水一遍遍地梳理。

我对阿珠说，这阿婆每天都会准时坐在这里洗头发，很安静，不会吵到任何人。

阿珠转过头朝我笑了一下，用英文说"羡慕"。

这个词我不需要查字典，我没再说话，只是伸出手环抱着她，抱了很久。

第三次，是阿珠主动过来陪我，还给我带了一个小礼物：一块用各种颜色的涂料刻满花纹的老树皮。她告诉我，这个在她的家乡叫作"坎太"，是一种符令。她说只要我和她一起，在夜晚对着月亮诉说自己的苦闷和哀愁，再把它压到西北方向的桌角下，就可以把一切不开心都丢掉。

我听完以后笑出声来，说自己根本不信这玩意儿。

阿珠很生气，说这是她回去以后花了两天时间做的，一定要按照她说的来做。

可惜当晚没有月亮，阿珠说一定要在月亮底下诉说才有效果，叫我一定要等她，我连忙点头。

可之后，阿珠再没来过竹屋。

直到两个星期后，我装作不经意地问另一个过来的姑娘才知道，阿珠已经"进山"，现在不见踪影。

"进山"这个词在这边有很多含义，对阿珠这样的姑娘来说，就是去了毒贩子的老巢接活儿。虽然"进山"拿到的钱能多七八倍，但毒贩大多喜怒无常，暴力残忍，很少有姑娘愿意去，除非是不懂事或者被人欺骗。

我不知道阿珠为什么要"进山"。我想，她太不聪明了，要知道，以她的相貌，进去后大概是出不来了。

我没有追问下去，大概是想让自己心存一丝幻想，我希望有一天，阿珠会突然出现在我面前，笑着望向我。

此后，我再也没听到过任何关于阿珠的消息。

时间过得很快，我开始适应金边坡的一切，好的坏的。猜叔三教九流都认识，经常会作为各方势力的中间调解人，解决一些利益纠纷。

因为猜叔在这边吃得开，我也逐渐体会到金钱和权势带来的快乐。

短短两个多月的时间，我变得易怒暴躁，会在输钱以后猛踹老虎机；会突然对行走在路上的缅邦人拳脚相加，就因为对方和我对视了一眼；甚至时常摸着口袋里的黑星手枪，想要听一听子弹打在人身上的声音。

树叶落在湖面会泛起涟漪，巨石跌进大海却不被人发觉。

金边坡就是这样的罪恶海洋，我在这里见到的罪恶越多，心中为法律和道德留下的余地就越少。

我拒绝不了暴力，更难以抵抗情欲。仅仅间隔一年，我每天的娱乐活动就从逗弄女同学，在她们的校服背后写写画画，变成了出入红灯区。

我像所有在金边坡做灰色生意的商人一样，脑袋里充斥着对金钱的渴望，还产生过主宰金边坡的幼稚想法。

一切似乎唾手可得。

达邦前往栋达送货的途中，有一条陡峭的盘山公路，大部分的上坡超过30度。汽车行驶到公路的中间地段，有一块平地，设有卡哨，驻扎着日夜站岗的缅邦军人。

2009年5月的一天，我像往常一样去走货。就在我开车经过卡哨的时候，发现面前竟然有路禁，竹子做的栅栏封锁在路中央，我只能被迫把车子停下来。

前方站着两个军人，胸前分别挂一把老式步枪，正在冲我招手，我知道这是示意我下车的意思。

我觉得奇怪，这条路已经走过这么多趟，以前都没出现过拦路的情况，怎么今天如此反常？

想归想，我还是按照吩咐下车，手里揣着100美金的通行费，脸上堆笑着走过去。

凑近才发现，这两人不是以前认识的哨兵，是陌生的面孔。他们眼神里带着审视，语气很不友好地用缅语问我："你是做什么的？"

我赶紧用瘪脚的缅语回答了他们："我负责开车送货。"

可能是我的口音让他们警觉，两人立刻从站立变成身体微微弓起，大声问我运送的货物是什么。

我停顿几秒，正准备伸手从衣服里拿缅邦常用词语表，想找具体的单词来组织语言。他们误以为我的动作是要拔枪，立即把手上的步枪端起来，枪口直接对着我的脑袋。

一看这架势，我马上举起双手，站直身体，示意自己没有任何威胁。

其中一个眼角有长条刀疤的军人转头对另一个身材很胖的军人打了个眼色，胖军人就走过去检查我的车子。刀疤军人站在原地，带着很凶恶的语气问我是哪里人。

我只能回答："中国人。"

刀疤军人接着用枪管点了点我的额头，直接问我是不是过来贩毒的。

枪管触碰皮肤的感觉冰凉，这阵凉意顺着血管让我全身都打了一个寒战。我哪里敢认，只能拼命摇头。

这时候，胖军人回来，低头对刀疤军人说车里面不是毒品，就是些食物。刀疤军人点点头，看了我几秒，对胖军人笑了一下，说我是中国人。

胖军人一听这话，愣了一下，也盯着我看了几秒，把手里的步枪重新对准我的脑袋。

我一看这架势，膀胱胀痛起来，害怕自己遇到极端民族主义者。这些人在金边坡的数量不少，对外来国家的人十分仇视。金边坡每年会消失近百名外国游客，大部分都是被极端民族主义者残害。

"咔嚓。"

"咔嚓。"

我很清楚地听到两下刺耳的声音，步枪的保险已经打开。在金边坡，不管是毒贩还是军人，枪支一旦打开保险，说明内心已经产生开枪的想法。

我嘴巴哆嗦着说不出完整的话，只能使劲摇头摆手，用英文一连说了十几个"NO"。紧接着，我灵机一动，大声用缅邦话叫喊出猜叔的名字。

一听到猜叔，刀疤军人和胖军人对视一眼，说要让我证明自己认识猜叔这件事。我连忙从口袋里面拿出手机，打给猜叔。

这手机是前几天猜叔给我配的，只能打缅邦国内电话，打不了国际长途。

电话响了七下才被接起,我没等猜叔开口,慌慌张张说这里有两个当兵的拿枪指着我。

猜叔一听,马上回道:"你把电话给他们。"

刀疤军人接过电话,稍微走远一点,和猜叔说了一分钟左右。我没听到他们对话的具体内容,但他回来之后,就叫胖军人把枪放下去,把电话还给我,说我可以离开这里。

我一听这话,整个人都软下来,长长出了口气,赶紧面向这两人倒退回车上。我不敢让他们消失在我的视线里,生怕他们在我背后开一发冷枪。万幸的是,他们根本就没看我,反而走过去撤下了路障。

我鼓起最后一点力气,把车发动,油门踩到最大。

回去之后,我第一时间去找猜叔,问猜叔是怎么回事。

猜叔示意我坐下来,先给我开了一瓶威士忌,然后才和我解释说,当初负责那个位置的军人今天换班,他之前忘记及时通知军方负责人。

猜叔和我承诺,以后不会再发生这样的情况,还说晚上给我找个漂亮姑娘解闷。

我虽然没有应声,但心里舒服许多,拿起酒瓶,闷了一大口,身体瘫倒在沙发上。

这是我第一次被枪指着。也是这一刻让我意识到,自己并没有想象中安全。

一个星期后的一天,我重新开始送货,在经过一个叫坎必亚的小镇后，看到有两个背着行囊的背包客手拉手行走在荒无人烟的公路上。

他们一男一女，都是二十岁出头的模样，应该是对情侣。男孩留着浅短的络腮胡，瘦脸大眼睛，身材壮硕，女孩长得高挑，皮肤白嫩，戴着一顶绣着金边的帽子。

从他们两个脸上洋溢的阳光笑容，我判断他们应该是中国的大学生。

这并不令人惊讶，因为在金边坡，经常会有喜欢冒险和徒步的中国背包客。

我摇下车窗，松开踩着的油门，让车子和他们并排前行，按了一声喇叭，大声问道："中国人？"

男孩看了我一眼便转过头不说话，那姑娘倒是冲我笑了一下："是的，我们是从中国来的。"

我有些高兴，说自己也是中国人，过来这边工作生活，有什么需要帮助的可以开口。

姑娘说他们要去赤洋峰，这边比较出名的一个景点，问我知道不知道。

我看这对情侣走得辛苦，就把车子停下，说我刚好顺路可以送他们过去。

姑娘很开心，刚想打开车门，就被男孩一把拉住，然后对我摆手："我们不搭车。"

我知道男孩的担心，也就没多说话，重新把车发动。

我刚想踩油门，就看到对面有一伙缅邦年轻人正在往这边走，领头的那个家伙左耳穿有一个巨大的耳环，这是佤族比较调皮的年轻人喜欢的装扮。

男孩一溜小跑，凑到那伙人面前，拿出地图指指点点，应该是想要询问"赤洋峰"的具体位置。

当看到姑娘缓缓走向那伙人的那一刻，我就知道她的人生将要经历一些不好的事情。因为现金和美女，永远是金边坡年轻人无法抗拒的诱惑。

果然，在见到姑娘以后，那伙人眼里都冒着光。姑娘还没有来得及说上一句话，就被领头的扑倒在地上，男孩刚想反抗就有一把柴刀架在他的脖子上，还被逼着跪在地上，亲眼看着自己女友的衣服被一件件剥离。

我看了一会儿，只得叹口气，把车子开到那伙人的面前，按了四五声喇叭，把正在兴头上的几人惊醒，然后掏了200美金，叫他们放过这个姑娘。

因为我当时常走这条线，很多人都认识我，知道我是帮猜叔做事，所以这伙人很识趣地拿着钱离开。

这对情侣坐上我的车，男孩一边帮赤裸着身体的女友穿衣服，一边质问我为什么不早点帮忙。

我不喜欢他的态度，半开玩笑地说自己觉得他女朋友长得漂亮，想要多看看。男孩很愤怒，要从后座掐我的脖子，女孩及时拉住了他。

他们坐了一段路就要下车。从始至终，这对情侣都没有对我表示过感谢，也没有还我那200美金。

送货的过程中发生过许多故事，这只是其中的一段小插曲。

我喜欢一个人开车的时候，把车窗全打开，体会狂风带着雨丝刮痛皮肤的感觉。

送货路上必定会经过一条小道，小道路窄树多，树枝交错缠绕在一起，形成一个天然的树荫隧道。阳光大部分被隔绝在树荫外，只有一些落在地上，聚成光斑。每当树叶被风吹得摇曳，光线就在地面跳起舞蹈。

驶入小道之前，需要拐一个入口很小的急弯，必须要倒车两次才能开进去。每当此时，我会边倒车边把猄叔送的碟片放进音响，第一首歌是李宗盛的《漂洋过海来看你》，在进入"隧道"口的时候，总是恰好唱到那一句：多盼能送君千里，直到山穷水尽，一生和你相依。

一个人在异国，漫无目的地活着，其实是件挺孤单的事。

在又一个雨打芭蕉叶的午后，我一个人抽着烟，莫名想起我的太奶奶。太奶奶是地主家出身，嫁给我太爷爷时只有十四岁。太爷爷没几年就死在战场，太奶奶变成寡妇，独自抚养三个孩子长大。

据家里长辈说，太奶奶在少女时代上过一段时间的私塾，识得一些字，看过一些书。因为有文化，所以不合群。她平常不喜欢和村里农妇聊天，常躲在家里端着书本看。

我记得自己还是孩童时，太奶奶常抱着我讲故事，现在这些记忆早已模糊，唯独有件事始终记得。

我四岁父母离异。但直到八岁我才明白离婚的含义,同年太奶奶去世。

太奶奶走前两个星期,把我叫到她的房间。

那时太奶奶的骨头外面只剩一层皮,摸上去如同枯树枝。她侧身躺在画着红色鸳鸯的被子里,拉着我的手,用家乡话轻轻和我说道:

"崽崽,祖奶要走,你以后得记得祖奶的一句话,好伐啦?"

我点头。

"你以后爱一个人或者恨一个人不要那么快,慢慢来,一定要慢慢来。"

"为什么啊?"我不懂,问太奶奶。

"太快的话,你会受伤的。"太奶奶笑起来,嘴里没有牙齿。

隔了一会儿,太奶奶让我靠近一点,她凑近耳朵和我说:"崽崽,如果可以,祖奶不想你这么早长大,有勒吃力[①]。"

---

① 有勒吃力:有点累。

猴王的杀戮生意

虽然分属三地，人们还是习惯将金边坡划分为独立王国。在步入现代文明很久后的今天，这里仍然保持着混乱。

被罂粟之名笼罩着的金边坡，还衍生出许多其他的灰色暴利产业：民族地方武装和毒贩都需要军火和雇佣兵，大小林立的赌坊则需要接待来自全世界的老赌棍。

这里汇聚了各种各样的人，有人就有生意，生意的本质是资源互换。金边坡是自然资源十分丰富的地区，各个类型的采矿场，尤其是玉石，被无休止地开采；偷渡过来的伐木工人肆无忌惮地砍伐树木；农副产品走私等在这里时常发生，不一而足。

农副产品走私里，有一个挺大的分支是出口野生动物，俗称"走山货"。

我出生在沿海小城，对野味最早的观念停留在烤麻雀、炸知了。直到我第一次在烧烤摊上见到小鳄鱼被整整齐齐地摆放在桌面上，背上开着很大的口子。有客人需要的时候，摊主就会拿刀切下几块肉，串上签子搁在烧红的铁块上，"滋"的生肉冒出白烟，撒上辣椒面，些许盐，翻转片刻。

鳄鱼肉并不好吃，硬，没味道，可这并不妨碍它成为一门生意。

金边坡的世界就更大了。

帮猜叔成功走了几次货，生活逐渐稳定，我会在闲暇之余跟猜叔到小拉孟的赌坊里玩几把。

我赌运向来不好，换的筹码输光了，就借口溜出来，在街上随意晃荡。

华人都说小拉孟逛街有三宝："长赢、嫩鸡、吃得好"。我从赌坊出来，不想找姑娘，就沿街扫着一个个小摊，看有什么好吃的。

逛了一大圈，发现都是些茶沙、鱼饭之类的传统小吃，我不太喜欢。

有一次，我正走着，看到一家店名叫"江南菜"，在西郊农贸市场隔壁街。传统的缅邦两层民居，实木搭建，一楼的两个房间打通当作门面，摆了七八张桌子。

竟然在小拉孟见到"江南菜"，我不自觉地走了进去。

"您，好，要甚莫？"

店里就一个男人，黑胖方脸，不到一米七，四十多岁的模样。穿着一件白色的紧身工字背心，肚子上肉很多，撑起一个半球。中文发音很怪,一听就知道是缅邦人。

"你是这家店的老板?"

店主点点头。

我原以为会碰到老乡,这下瞬间失去交谈的兴趣,让他把菜单拿给我。菜单是一张打印很简单的 A4 纸,菜名用中文标注,没有价格。

"宫保鸡丁、番茄炒蛋、炒饭,就这些?江南菜?"我目光转向老板,菜单上都是些中国的家常菜。

"见南菜,见南菜。"老板连连点头,脸上笑容密布,眼睛都快挤成一条线。他两只手不停地揉搓,微微鞠躬低头和我说道。

我已经对菜的味道不抱希望,有起身离开的念头,但看到老板略带谦卑的模样,加上都到饭点了,店里也没客人,决定照顾一下生意。

"江南菜就算了,随便做两三个这里的特色菜就行。"

老板稍稍愣了一会儿,应该是在消化这句中文的意思。他伸出一个手指比了比自己:"我们,菜,三个?"

我点头,问:"多少钱?"

"200。"老板伸出两根手指。

"人民币?"我多问了一句,这数字肯定不是缅邦币。

"人民币。"

我伸手比了个 OK。

老板见我确定,给厨房交代了一声,朝我也比了个 OK 的手势。

"你为什么会起'江南菜'这个名字?"我有点好奇,当时小拉孟的店面门牌还是以缅邦文和英文为主,纯粹中文的店名很少看到,最多是在门上贴一些中文说明。

"中国人,钱好赚的。"老板笑着伸出右手,拇指和食指搓了下。

听老板这么说,我心里有些不舒服,耸了耸肩就把头转向别处。老板也没再多说话,搬了张椅子坐在门口,时不时转头看我一眼。

菜上得很快,一盘是虫拼①,一盘是红枣蟑螂②,还有一个小的野火锅③。

果然有特色,我心里想到。

我夹了几个蝉蛹,炸得太老,其他的就不想尝试了,放下筷子,从兜里掏出两张红票子摆在桌上。

我刚要出门,老板把我拦了下来,伸了两根手指,"200。"

"钱我放桌子上了。"我以为老板没看到,转身指着桌上的钱。

老板摇摇头,还是笑着看我,但让人感觉不舒服,"200,多了。"

"多了?"我琢磨过来,"美金?"原来这家伙是把我

---

① 虫拼:一般是炸蝉蛹、蛆、水蜈蚣、蝎子、山蜥蜴。
② 红枣蟑螂:炸过的蟑螂放在红枣里面,外面涂一层蜂蜜。
③ 野火锅:蝙蝠、野山鸡、飞鼠之类的肉放进锅里炖,用蔬菜包着吃。

当游客在宰。

我当即脑袋倾向一边,歪着嘴:"你别找事啊。"就迈步往外走去。

老板伸手拽住我的胳膊,一把将我拉回来,力道很大,害我踉跄几步。

我脾气来了,转身就要把沸腾的小火锅砸过去。

还没等我动作,后厨立马冲出来俩小孩,十七八岁的模样,一个把凳子踹飞,落在我身旁的地上。另一个孩子手拿菜刀,刀看上去很久没洗,上面有一层黄色的污斑。他眯着眼,眼神冷厉。

打架分很多种,有叫得大声不敢下死手的,也有一声不吭捅你两刀的,我基本属于第一种,可这俩小孩一看就是真会打架的那种。

金边坡当地人大多和民族武装有关联,见多了战争,和国内的混混不一样,不会考虑打死了人会不会被判刑,势力大于法律。

我拿起火锅的手放了回去,咬着嘴唇说:"行。"

皮夹掏出来,我数了200美金拍在桌子上。刚想把那两张人民币拿回来,就见到那老板指着被踹飞的凳子说:"赔钱。"

我咬了咬牙,伸出去的手收了回来。

从店里出来,我越想越恼,又没有解决办法。先不说猜叔会不会管我这破事,我自己也没脸开口。

揣着一肚子气回到赌坊，正好猜叔赢了钱准备请饭。

那天不止我和猜叔，还有一个家伙，叫猴王，是"走山货"的。

在金边坡混出头的当地人，大部分和中国人关系不错，为了更方便交流，他们会给自己取些外号。

猴王二十五六岁的年纪，缅邦人显老，他看上去像个中年人。他的脸型尖瘦，颧骨突出，像是割掉嘴的秃鹫，眼白比一般人多点，有些恶相，不到一米六的个子，全是精肉，浑身布满佛经图案的文身，就连脖子上都是特殊的佛教图案。

"猜叔中意你，他不常带人出来玩咯。"猴王在我敬酒的时候冒出一句。

"哈？"我不知道怎么回，赶紧把酒干了，恭维了句，"你中文说得真好。"

"和中国人打交道，中文要好咯。"猴王边把酒喝了，边挥手示意我坐下。两人就算点头交了。

90年代初，野生动物市场规模扩大到之前的数百倍，中国商人，确切说是广东商人，逐渐取代欧美成为最大买家。所以金边坡从事"走山货"这一行的缅邦人都在努力练习中文，说话还会刻意带一点粤语的味道。

同样是走私，山货比毒品小众，危害性也没那么大，边境警察查得不算严格，运送过程自然不算困难。雇些村民挑着扁担，拎个买菜篮子，走几步山路就可以送到中国。

"今天怎么没把你的几个儿子带出来？"猜叔把筷子放到一边，和猴王喝了一杯，问道。

"闹脾气咯。"猴王耸了下肩膀。"儿子？"我顺嘴插了一句。

猴王看了我一眼，笑了出来。

猴王的儿子是他养的三只白眉长臂猴，毛发黑褐色，两边眉毛都是白色，智商不高，很好哄，陌生人给点吃的就会消除戒备。平常没事的时候，猴王就爱带它们出门溜达，别人遛狗，他遛猴。

猴王说金边坡有种类数以千计的动物售卖，除了老虎、大象等本地物种，非洲的犀牛、猎豹也会经过这里。

这些都只是"走山货"行业的冰山一角。

猴王是缅邦克商族人，人数不超过两千人，主要分布在缅邦的深山老林，世代以种植罂粟为生。1996年大毒枭倒台，缅邦政府迫于舆论压力，销毁大片罂粟田，转为种植橡胶和茶叶，大批烟农被迫转移。

猴王就是那时候跟随父母从深山迁移到小拉孟的。

政府想要依靠经济农作物替代罂粟的设想最终并没有实现。因为种植技术和生产销路等问题始终得不到解决，烟农所获得的收益也远远低于种植罂粟，生活完全没有保障，有些家庭甚至连米饭都吃不上，只能去山上挖野草吃。加上烟农大多习惯抽罂粟叶子，不能自给自足以后就必须要到市场购买，日子越发艰难。

猴王十二三岁的时候，父亲在下山途中毒瘾发作，不小心踩空滚落进山崖，手脚骨折，身体卡在巨石的缝隙之间，动弹不得。等到被人发现时，已经过了一个星期。暴露在空气中的皮肤都结满厚厚的血痂，身体被秃鹫啄得到处都是孔洞，没有一块完整的肉。

猴王父亲走后没到半个月，母亲就抛下猴王跟情人逃跑了。此后，猴王跟着族里的一个老人打猎为生。没两年，那老人和别人发生口角，被人打死了。

之后的日子，猴王独自生活。他依靠学到的打猎技术，在山里捕捉山蜥蜴、豪猪等动物，送到集市换取大米养活自己。猴王的打猎技术很高，用一张竹子做的最简单的弓，加上几支箭，就可以在森林里抓到山兔、野鸡这些动物。

就这样勉强活到十六岁，熬到缅邦年轻人结婚生子的普遍年龄，总算有个姑娘不计较猴王无父无母，家里穷苦，毅然决定和他结合。可惜就在结婚前几天，姑娘回家迟了些，在一条主街道上被一伙青年轮奸。当晚跳河自尽。

猴王用了两个多月时间，终于查清楚作案的是哪些人。当天傍晚，他拎着刀子挨个上门拜访，把他们的子孙根一一切断，没有人幸免。

本来猴王必须要偿命，是金边坡"走山货"的头目吴奔看上了猴王的捕猎技术，将他保了下来。

从此，猴王就在"走山货"这行扎根，负责小拉孟地区的货源。他在内部的地位颇高，行业内俗称"二家"。相当于平常的工作就是带领猎人团队进山，大规模组织抓捕野生动物，相当于公司主抓生产的经理。

后来，猴王找寺庙的和尚算命，和尚说他是克父克母、克妻克子的面相。行业内很多人知道猴王命格硬，做生意的时候就会比较忌讳，无形中让他得到不少好处，也算因祸得福。

"猜叔，你怎么知道这些秘密的？"回去的路上，猜叔靠在椅背上，打着嗝聊八卦似的告诉我猴王的事情。

"呵，谁都知道那家伙命硬。"

"那他在拉孟肯定混得可以吧？"在这些行业里，除了毒贩，"走山货"的家伙是出了名的狠毒，只有伐木工人可以与之相比。

"嗯。"猜叔眯着眼。

自从知道猴王是小拉孟混得开的家伙之后，我开始有意和他接触，想着和他搞好关系，让他帮我教训那家饭馆的老板。

有次我看到猴王在赌坊输得没筹码了，硬着头皮上去搭讪，拉他出来吃了顿夜宵。

"一箱，'啵'。"我刚坐到位置上，就挥手喊老板过来。"啵"是象声词，指的是小缅邦，一个当地的啤酒牌子。

老板把啤酒摆到桌子上，刚开了四瓶，猴王摇头："斋戒，不喝咯。"

"哈？你斋戒还赌吗？"我发出疑问。

"才想起来咯。"猴王那张凳子有些不平，起身换了新的，漫不经心地回我。

斋戒日还能忘了？我心里吐槽。

缅邦信佛的人里，每月除了初一、十五，还有专属于自己的斋戒日，通常选择生日作为斋戒日，这天禁赌、禁酒，诚心的人还会进寺庙朝拜佛像。

"那行吧，今天酒就不喝了。"我只能主随客便，转头叫老板倒了两杯熊血，对着猴王挑了下眉毛，"给你转转运。"

熊在金边坡很常见，一般的野市[①]都有贩卖，不过个头都不大，幼熊居多。除了熊胆、熊掌价格稍微高点，其他部位便宜得不行，碰到卖熊多的野市，熊肉甚至比猪肉还便宜。不过熊肉味道不好，硬邦邦的，口感像放久了的QQ糖。

猴王随意叫了几个菜，刚要点烟，我突然想起来在金边坡还没吃过鳄鱼肉，就对着老板喊了声："来只小鳄鱼。"

说完这句话，摊主呆呆地看着我。

猴王拿着打火机[②]的手停在半空，眼睛也盯着我，嘴

---

① 野市：小型野生动物集市。
② 打火机：金边坡多使用火石滚轮打火机。

角猛地咧开,"哈哈"发出笑声。

笑了一阵儿,猴王才把烟重新点上:"有趣咯。"

虽然金边坡各国都做走山货的生意,但既然是山货,那不同山之间货也有不同,像鳄鱼这种就属于别国的买卖。我那句话像在日本寿司店点了个泡菜一样滑稽。

知道自己出了洋相,我赶紧和猴王碰杯,示意跳过这个误会。

熊血一口闷进嘴里,燥腻腥臭,血液卡在喉咙半天下不去,就了几口矿泉水才勉强下肚,胃里像是火在烧,浑身的毛孔被强制打开,我忍不住全身抖了起来。

看到我不停抽摆子,凳子脚发出声响,猴王竖起大拇指,嘴里又发出笑声:"劲咯,没有人一口喝完。"

果然,我看到猴王只是抿了一口,酒桌上最蠢的就是别人喝啤,自己喝白。

靠着这个契机,我和猴王的关系由生转熟,酒桌上的谈资也丰富了起来。

猴王吃热了,把身上的T恤脱了,露出密密麻麻的文身。

"你这文身很漂亮啊!"

猴王看了我一眼,站起来,把短裤也给拉了下来,好嘛,果然是文身,全身都文了。这些文身大部分都是缅邦佛教经文,他说自己想要洗清孽障,下辈子投一户好人家。

"你还信这个?"我问。

猴王说，这些年金边坡稳定多了，之前每天都在杀人和被杀的忧惧中度过。走山货的都是猎人出身，对山林有着深深的敬畏。他们曾经也自给自足，把动物当作大山的馈赠，但是自从食客对于野生动物的需求量逐年增加之后，自己被金钱所诱惑，疯狂捕杀山林的孩子。这在他们看来是一种恶，死后会堕入地狱，受无尽刑罚。缅邦人对于自己做过的坏事有一种恐惧感，他们往往不期望这世能够善免，只求来生没有罪孽。

佛教的东西太深奥，只听一会儿我就觉得无趣，再说哪有烧烤不配啤酒的道理？

果然，猴王说着说着也没忍住，挥手叫老板拎两箱啤酒过来。我心里暗暗嘲讽他的戒斋日。

猴王和我连吹三瓶，打了一个满意的酒嗝，开始聊女人的话题，不停炫耀他的"作战史"，逐个分析不同国家女人之间的区别，末了，还托付我给他的猴子找老婆。

猴王平时带他的猴子儿子出门，不绑绳子，一人三猴就在街上晃荡。猴子发情期到的时候，喜欢窜到姑娘身上乱摸，惹出不少麻烦，猴王都用钱或者武力摆平了。

我想跳过这个话题，刻意"呵呵"笑了声，举杯敬猴王。

快散场的时候，猴王突然在一堆竹签子里挑挑拣拣，找到四支铁签子。

金边坡的烧烤大多是用竹签，有些特殊的肉，比如麂肉，才会用铁签，说是铁导热快，能让肉质更嫩。

"还要加菜吗？"我看到猴王把铁签子一把抓在手上，以为他没吃饱。

猴王没说话，笑眯眯地盯着我，把铁签子举了起来，签子在灯下泛着光。

我还没回过神来，就看到猴王的手猛然下落，速度很快，没有给人任何反应时间。

瞬间，我放在桌上的手指间就立起了四支铁签子，尾部还在微微颤动。

要是稍微歪了一点，我手不就穿了？

我张嘴就要开骂，一个脏字还没出来，猴王就拍着我的后背："玩笑咯，玩笑咯。"他是喝高兴了，在炫耀他捕猎的手法。

那天烧烤之后，我觉得猴王精神有问题，不想再主动找他。但没想到，只要我一来小拉孟，他就会找我喝酒，一副大家是好兄弟的做派。我那时对他还有点畏惧，想着用什么办法可以甩了这个包袱。

想和一个朋友绝交的最好办法就是找他借钱，延伸出去，就是让朋友帮你解决一个麻烦。我心想，让他帮我教训"江南菜"的老板吧，要是他不同意，我就可以顺势远离。

有次聊天，我特意和猴王提了一嘴，没想到他"咔哧"一声把打火机点燃，火苗在我眼前摇摇晃晃。

"火咯？"

"哈？"这架势是要烧人房子，我赶紧摇头，倒没这么大仇。

当天,"江南菜"饭店被砸,老板肋骨断两根,歇业两个星期。

做生意讲究礼尚往来,做灰色行业的更是如此。既然猴王这么够意思,我就想着认下这个朋友,没多久两人的关系也算密切起来。

猴王没什么朋友,除了客户就是手下,要不就是女人,圈子里的人都不太爱和他交流,估计是怕猴王的命格。

我在金边坡的工作可以形容为"货车司机",隔三岔五早起一趟就行,背后靠着猜叔也没人敢欺负。原以为轻松惬意,直到我看到猴王的生活。

每天睡到自然醒,平常的捕猎任务都让手下人解决,遇到大单子才亲自带队进山林,没事就爱泡赌坊,玩得累了就沿街遛他的宝贝儿子。孤身一人,有钱有闲。

"这就是管理层和普通员工的区别啊。"我对着猴王抱怨。猴王扔了根烟过来。

猴王有两个屠宰场,我去过一个,在孟包的路上,从第三个路口转入小道。

去的那天下小雨,雨刮器"嘎吱嘎吱"响个不停,地上的道路很泥泞,坑洞里更是充斥着黄色的泥浆。车子颠得我肚子不舒服,中途想上厕所,又不想让大家等我,就这样憋了一路。车子开了近四十分钟,总算来到地方。

说是屠宰场,其实就是铁皮盖的单层厂房,前面有一个三四百平方米的空地,往里走有七八个房间,当作工人的起居室和库房,门口停了几辆五菱的面包车。

看到这牌子，我感觉很亲切，边揉着肚子，边笑了出来。

"在这里看到中国的车子不容易啊。"我乐着和猴王说道。"你们人送来，好用咯。"猴王意思是客户送来的，质量很不错。

他叫人把后备厢的泡面、矿泉水一箱箱搬出来，抬到厂房的库房里放着，都是给屠宰工人的食物。这里的工人大概有五个，一周一轮换。

我听到猴王对国产车的评价倒是莫名开心了下，低头瞄了一眼矿泉水的牌子，又乐了出来，"农夫上泉"，这肯定是猜叔的货。

我正笑着进入厂房。笑容瞬间在脸上凝固。

右边空地上放着十来个铁笼子，里面都装着猴子，被铁链锁着，脑袋耷拉着，前肢都被打折了，可以清楚地看到骨头透过血肉暴露在空中。

血"滴答滴答"顺着铁栏杆滴在地上，汇聚成一条条细小的溪流。

一个看着挺斯文的工人，双手戴着塑胶手套，披着深蓝色防水服走了出来。他左手拿着两个白色泡沫盒，右手拿着冰袋，把两个盒子打开放到地上，给其中一个扔进冰袋，然后打开铁笼子的门，拉住猴子脖子上的链条硬往外拽。

猴子用后肢拼命抓着铁门，"吱吱"叫个不停。很尖锐，听在耳朵里有点痛。

工人使劲拖了几下，见猴子不松手，把铁门"咣当"一下合上，猴子吃痛放开铁门。

他把猴子拖到地上的自制铡刀上，一脚踩住背部，固定位置，再用左手拉着铁链，把脑袋卡在铡刀底部的凸起上，右手握住刀把，切下去。

"咔"，脖子像是摇晃了一阵的可乐，打开瓶盖后血液瞬间喷射出来，溅了很远。猴子的脑袋则像溜溜球，被铁链拉了起来，斜跳到半空，猛然挣脱了铁链，精准地落到事先准备好的泡沫盒里。

"他做这个十年了，很精准咯。"猴王看着面前的这一幕，脸上很平静。

猴王说的是让脑袋准确落进冰盒的技巧，我鬼使神差地回了句："这是经验吧？"

猴王转头看了我一眼，又很快转了回去，语气很轻："是经验咯。"

说话间，工人把手上黏着的血往裤子上擦了擦，接着弯腰拿起还在抽搐的猴身，丢进另一个盒子。接着把另一个铁笼子打开。

除了被抓的猴子，其他猴子并没有发出声响，只是趴着，把折断的前肢放在嘴边，直直地盯着人类。

我不自觉把脑袋转向左侧，是一面整齐挺立的高墙，用无数空铁笼盖成的墙，分为三列，一层铺一层，足足五层，里面空空荡荡的。阳光打在结着厚厚血痂的铁栏杆上，泛着乌黑。

猴王正在和工人清点这批猴脑的数量,我心里发慌,在库房逛了起来。

两排铁质的晾衣架,上面挂满了各种肉干,我分辨不出都是什么动物,地上有许多大号铁桶,里面是拳头粗的蟒蛇。用一块透明的塑料布密封,上面扎几个孔透气。

几条一米长的蜥蜴被挖去内脏,蜷成一团丢在纸箱里,其他器官就分装在小塑料袋里。

我还看到一头小麂子被绳子绑住,蹲在地上目不转睛地看着我,很像小孩子找你要糖时的眼神。

"烤这个吃咯?"猴王忙完了过来,看我盯着那小麂子在看,就问了句。

猴王拉我到空地上,摆了小方桌和凳子,叫人把这里清理下,再拿烧烤工具出来,准备现杀现吃。

"现在什么最好卖啊?"我边看着面前工人正拿着水桶、毛刷冲洗地上堆积的血迹,边问猴王。

"山龙咯。"

"山龙"就是穿山甲,应该算是这行长盛不衰的一种货物。猴王说近二十年内,金边坡出货量最大的野生动物一直是穿山甲,食客庞大的消费能力,将原本数量众多的穿山甲吃成濒危物种。

虽然中医有穿山甲片能治疗风湿、帮助产妇通乳等作用的说法,但真正造成这一现象的原因是——传说穿山甲有壮阳功效。

边境地区的人都知道抓穿山甲能致富。剥了甲片的野生穿山甲，在小拉孟的价格大概为每公斤80～100元，出境以后是每公斤600～800元，进入黑市的价格普遍维持在每公斤1500元以上，端上餐桌的价格通常会达到每公斤3000元。

为什么走山货屡禁不止？无非是利润过于巨大。

我问猴王，这么多猴子都是怎么抓的。他说不方便告诉我，我一想也对，毕竟是吃饭的家伙，就换了个问题。

"猴子的前肢怎么都是断的？"

猴王说，这是因为野猴子很不听话，虽然抓住之后会用铁链绑着，但它们的力气太大，经常会冲到人背后抓挠，把前肢打断比较安全。

一般进山是四五个猎人，每人会拿好几根铁链，把猴子拖在身后，"吱吱"叫个不停，有猴子痛得走不动路，猎人会过去踹几脚，让它听话。

原先猴王抓这些猴子是不会让它们受伤的，因为客户要求整只完好地运送出去。

但是近几年一些人想把猴脑做成产业，之前的方式就行不通了。一方面是活物运输比较困难，边境很容易查到，成本始终下不来；另一方面是生吃活猴脑的做法不容易被大众接受。

有头脑灵活的商人就想到一个办法，把猴头与猴身分离，放进冷冻箱里，既方便运输，烧菜时看着也不那么血腥。

解决了这些问题，销量果然年年上升。

我问猴王："那猴子的身体就没人要了吗？"

得到的是沉默的回应。

"猴可怜咯。"猴王说着，面前刚好有一只山蛄爬过，他抬起就是一脚。

猴王和所有缅邦人一样，对中国人或多或少都有点仇视心理，其中并不包括我。

一方面我是猜叔的人，做的也是相关行业的工作，另一方面，我觉得他是把我当作"黑户"看待的。

缅邦有一类华人，八九十年代被征兵小广告欺骗，从国内偷渡到金边坡，加入这里的民族武装，后来再也没有回去。因为缅邦的局势复杂，势力更迭很快，所以很多人一直入不了缅邦籍，但也无法回国。这种两国都不接纳的华人就是"黑户"。

缅邦的"黑户"不少，大概有四千人，很多都是老实本分的种植户，但没有财产权，甚至没有生命权，所以缅邦姑娘都不愿嫁给"黑户"。他们只能努力存钱，去娶深山里的寡妇、残疾人或者花2000块人民币买一个年轻姑娘。

6月底的一天下午，我正好在赌坊"压水"[①]，突然凳子

---

① 压水：压水是缅邦一种玩法，有时自己赌运不好，可以压注赌运好的人，抽三成收益。

被人踹了一脚。回头一看,猴王挥手让我跟他出去,我示意他等下,马上就完事。

"你没来的时候,我还赢着呢。"猴王一来,我就连输了两把,只能跟他出去。经过门口的时候,我把手上剩的码子丢给侍应生,"别给我弄丢了啊。"

猴王看我这副模样,食指弯曲着动个不停,表示"抠"的意思。

"那不是钱啊?"我心里骂道,你这动作还是从我这里学去的。

因为是雨季,出门之后我就把卫衣的帽子给戴上,路过水果摊时,我让猴王等下。我向摊主要了两杯芒果汁,加了些冰块,递给猴王一杯。

"这没到吃饭的点,找我干吗啊?"

猴王接过果汁,喝了两口,边走边和我说道:"打枪咯。"

打枪就是陪猎,陪人进山捕猎。小拉孟自从转型成旅游城市之后,靠着赌博带来的庞大客流量,周边渐渐衍生了配套的娱乐设施,陪猎就是其中一个比较有特色的服务。也许是男人对枪天生有种狂热,这个业务一经推出立即受到游客的广泛好评,慕名而来的人络绎不绝。

猴王也乘着这股东风,建了个皮包旅行社,没有办公地点,靠着赌坊、酒店的侍应生口头招揽顾客、给提成的方式,每个月能给他带来七八万人民币的收入。

"没兴趣。"我听了猴王的话,转身就要走。

枪在金边坡属于日常用品,我房间里还有两把猜叔给的"五四",刚来的时候喜欢打可乐瓶玩儿,后来玩久了也觉得没啥意思。

最主要的是,我知道猴王陪猎的价格,一个人一次5000块人民币,我不上那个当。

"请咯。"还没走出一步,我就听到猴王的声音。听到免费,我立即又把身子转了过来。

打猎地点是北郊,那里山多人少,交通工具是一辆白色的丰田埃尔法,这是我建议猴王买的。我跟他说游客很看场面,其他人都是些面包车,而你是一辆保姆车,人不得全来你这里啊。

猴王一听有道理,就找人搞了辆二手的,几万块的价格,果然生意很快就变好了一些,这次请我玩也算是回礼。

拉开车门,里面有两个国内来的游客,一男一女。男的一头卷发,有点桀骜不驯,女的白白净净,穿着紧身阿迪运动服,身材很好,都是二十出头的年纪。

我没打招呼,自顾自坐在靠窗的位置。很快听到男孩说话,语气不太友好:"我们等你半个小时了。"

我愣了一下,那男孩看我的眼神有点怨气,我只得耸了下肩:"不好意思啊,不知道你们在等我。"

男孩摆了下手:"算了,也不是多大的事。"我不知道该怎么接这个话。

男孩把屁股挪了下,边动边问:"你哪儿的人啊?"

"中国人。"

"我不知道你中国人啊？我问你哪个省的？"

"噢，云南的。"虽然我不太喜欢那语气，但我见到国内的年轻人还是觉得挺亲切的，又应了声。

"听口音不太像啊。"男孩皱眉回了句，"你也是过来这边玩的吗？"

我耐着性子："不是，我过来这边打工的。"

"打工也有钱来玩这个？"男孩听到我是打工的，语气带着很明显的怀疑，"你是做什么的啊？"

我突然觉得有点好笑，想逗个闷子，"我啊？在赌坊里帮人放码，从小就没摸过枪，就省了好几个月的钱过来玩玩。"

"我就说嘛。这地方这么烂，打工能有什么钱。"男孩转头对旁边的姑娘笑道，语气颇为不屑。

这话一出来，我就知道猴王要不高兴了。果然，坐在副驾驶位置上的猴王，把后视镜往他那边掰了掰，里面可以清晰地看到男孩的表情。

男孩可能社会经验太少，当面批评别人的家乡，在哪里都是个忌讳，更别提金边坡了。虽然这里很穷，但大部分人都热爱这片土地。

"不好意思，他是我男朋友，说话有点直。"女孩握着男孩的手，给了我一个抱歉的表情，"我叫张馨，弓长张，香气很浓的那个馨。"

"张馨，很高兴认识你啊。"我笑着对她说道。

攀谈中，我知道这俩人来自苏州同一所大学，趁着刚放暑假就过来这边旅游。张馨和男孩谈恋爱已经两年多，打算一毕业就结婚。本来两人是要去泰国，但男孩听说这边一些活动很刺激，非要过来这里。张馨拗不过，只能听他的话。

"早上我们就是在这里吧？"男孩拉着张馨往车窗外看去，指着专为中国游客建立的赌石街叫嚷道，"那老板骗了我五万块。"

五万块，这家伙有钱啊。我余光扫了一眼面前的猴王，发现他转头看了男孩一眼。

我心里叹了口气，要不是男孩找的这个女朋友挺讨人喜欢，我真懒得管他，连不要露富都不知道。

"你们的大学生活一定很有趣吧？"我赶紧把他的话头给停住。

接下来一个小时的车程里，我都在想办法堵住男孩那张嘴。但堵得住嘴，拦不住手。

下车之后，猴王就给每人发了一把单管猎枪，枪管上特意装了远视镜，方便瞄准。

"诶，这玩意儿是夜视的吗？"男孩拿到枪以后，马上举起来，眼睛看着远视镜，把枪口对准猴王，嘴里不停嚷着。

在金边坡，只能把枪口对着敌人，这是所有行业的共识。我也没想到这家伙这么蠢，在猴王刚想把枪举起来的时候，我就冲过去握住男孩的枪身，边把枪口往上提，边夺了过来。

"你干吗呢?"男孩朝我骂道。

我没心情和他解释,把枪放进车里,拿了两瓶水,走过去递给猴王一瓶。

"他不知道规矩,不是故意的。"

猴王接过水,看了我一眼,点了点头,径直走了过去,目光直视了几秒,才把枪还给卷发男孩。

"金边坡,枪口不对人咯,OK?"猴王说。

男孩不敢和猴王顶,只恨恨地瞪了我一眼。

"你看着点你男朋友。"我对男孩不抱希望,只能嘱咐张馨。

"对不起。"张馨噘着嘴,不停向我道歉。

这姑娘人不错,只是眼光有些差,我心里想。

陪猎的队伍站位有讲究,猴王走在首位,排除一些危险,司机走在最后,负责照顾众人。

因为是雨季,道路非常泥泞,一步一个坑,不好走。

进山林的时间刚好是6点,天空将要起黑,野山鸡特别喜欢在这个时候离巢。

我刚准备大显身手,就听到"啊"的一声,女孩一脚踩在青苔上滑倒了,膝盖磨破了一大片。

"你会不会带队啊?"男孩第一时间没有去扶女孩,反而用手指着猴王骂道。

这次我想制止都来不及,猴王拿起枪托,朝着男孩的脸上砸去,男孩倒地以后鼻血狂流,躺在地上不断哀号,我看出男孩的鼻骨有点错位。

过了一会儿，猴王让司机扶着两人回去。猴王问我还去不去打枪，我看了看这对情侣，觉得不太放心，就对猴王摇头。

我们到宾馆以后，男孩一个劲地嚷着要报警，我只能告诉他们猴王是什么人，劝说他们离开小拉孟。

男孩一开始不信，骂我是缅邦人的奸细，我就叫他出门打听下。

男孩下楼以后，不知道问过谁，回到房间就开始收拾衣服，带着女朋友，中饭都没吃便离开了小拉孟。

这是金边坡中国游客的一个小小缩影。这男孩很幸运，因为我见过很多中国游客过来这边，因为各种各样的原因，再没能回去。

我第一次打猎的经历就是这样，让人无语。

我常想：如果我生活在一个惩恶扬善的故事里，猴王的结局应该是死于仇杀或者将牢底坐穿。

那次在猴王的屠宰场，他告诉我，自己曾经差点死掉。不过差点杀死他的不是人，是大山。

猴王这个名字的由来，就是因为猴子。他说自己小时候在山林里迷了路，绕了两天都没绕出来，最后是跟着三只猴子才出来的。他觉得这是佛的指引，从此对猴子有了不一样的感情。

我虽然不信这个理由，但他对那三只猴子好倒是真的，基本上当作亲人在照顾，经常让我陪他去摊子给猴子挑衣服。有次我们两个在外面吃宵夜，猴王突然说自己忘了给猴子喂食，就跑了回去。

"那你还这么做？"我当时指着面前几个工人，他们正给装满猴脑的冰盒一圈圈绕上密封胶带。

猴王没看我，吐出了两个字："钱咯。"

后来，直到我离开金边坡，猴王还是这行业的"二家"，有钱有闲，孤身一人。可谁都知道，那三只猴子不可能陪他一辈子。

"条狗"

我曾经在达邦的一家小赌坊里,看见有个叫程红兵的赌徒。他把带过来的10万块输光后,想去偷柜台上的筹码,结果被老板狠狠揍了一顿,丢到门外。

当时缅邦正值雨季,程红兵浑身淤青躺在泥水里。我看他长得顺眼,又有些可怜,就把他扶起来,带去旁边的缅邦餐厅吃了顿抓饭。

饭桌上,程红兵一边仰头让鼻血倒流,一边问我:"老弟啊,你说我怎么样才能翻本?"

我瞥了这家伙一眼,告诉他只要还在赌桌上,总有翻本的时候。

程红兵冲我竖了个大拇哥,点点头说很有哲理,接着又问我:"老弟,那我没钱上桌了咋办?"

还没等我回答,他就自己接话:"没钱就去挣嘛。"

"老弟,看你混得不错,知道啥不要本钱,来钱还快的门路不?"程红兵把手里最后的抓饭吃完,眼睛盯着我问道。

我上下打量程红兵，回答他：做鸭子。

程红兵立马摇头，说自己祖上八辈都是正经人家，不做这个。

我转头想了想：那就只能去当"条狗"①，这行不用本钱。

金边坡的条狗分为很多等级。混得好的，就是给各种大势力打听消息，往往一个消息可以卖到六位数。

混得差的条狗，只能蹲守在各种交易市场门前，负责给不熟悉金边坡情况的各国商人带路，讲讲具体的市场行情、现在商品均价、哪几家店信用度高等常识性问题。

底层情报贩子也被戏称为导购。

不用送货的日子里，金边坡的生活非常无聊。我闲不住，就经常给自己找些乐子，其中最常玩的游戏就是假装游客。

我平时跟着猜叔，接触的都是各种势力的头目，很难接触到真实的金边坡底层，我希望通过这种方式更加深入地了解这片土地。当然，更重要的原因还是消遣。

2009年6月的一天，猜叔叫手下去小拉孟买些食材回来，晚上大家做烧烤，我在房间待得无聊，就自告奋勇接下了这个任务。

---

① 条狗：情报贩子。

我开了两个小时的车，来到小拉孟一个野生动物市场。这个时候我已经吃过很多回野味，也了解了这里面的门道。为了试试中国游客在缅邦会不会被宰，我假装初来乍到，在一个个摊位前认真询问价格。

不出所料，我口中标准的中国普通话和四处打量的眼神，让每个摊主都把价格上调了一半以上。

我的表现很快就吸引了守候在附近的条狗，陆续有三四个人过来搭讪，说想要给我介绍珍稀野味。

我见这几个缅邦人的中文水平都不太行，就挥挥手没有继续沟通。直到有个二十七八岁，身高一米七左右，寸头瓜子脸的年轻人过来，我后来叫他安全。

安全的皮肤很白，这在缅邦人中并不常见，他脚上踩着蓝色的人字拖，下半身套着花花绿绿的沙滩裤，上身穿着一件肥大的T恤。很多摊子都自带风扇，而安全身材消瘦，衣服被风扇一吹就鼓胀起来。

安全说他对这一片很熟悉，如果要买什么东西，或者是想要做什么生意，都可以找他。

我见安全长得比一般缅邦人白嫩，说话有点结巴也挺有趣，就给了20块人民币咨询费，说自己第一次来金边坡玩，想要买点东西带回去，问他有什么推荐。

安全皱了下眉毛，头朝我的方向微微倾斜，说这些野味都很重，不方便携带，还不如弄点白粉，还说自己可以搞到价格最低的粉砖。

我不知道该如何回应，只能告诉他，白粉更不方便。

安全听了我的话，若有所思地点头，接着说自己和很多家采矿场都有合作，可以搞到水头很不错的裸玉，价格也不贵，问我要不要。

我摇头，说身上带的钱不多，只是想要买一些食物回去。

安全上下看了我一番，然后瞪大眼睛问："中，中国人也会没钱的吗？"

"中国也有穷人啊。"我也瞪大眼睛回答。

安全可能是觉得我说的有道理，连连点头，然后挑着眉毛，问我有没有女朋友。

我不好意思否定，只能说自己有。

听我说有，安全领着我到一家比较偏僻的摊子面前，指着一个蛇环①，说把这个送给女朋友，女朋友马上就会变成妻子。

我之前见过金边坡的这种传统工艺品，但没想到它还有这用处，就小声问安全："是不是女朋友戴上这个，就会像被下蛊一样中了我的邪？"

安全开始没听懂，我重复一遍后，他才摇头和我说，他的意思是蛇环很漂亮，女孩子都喜欢戴在脖子上做装饰，这样我们的感情就会得到很好的发展。

我当时感情经历不多，竟然认为安全说的有道理。我付了200块人民币给摊主，把蛇环买了下来，心想以后还

---

① 蛇环：七八个小蛇的蛇头风干处理后，围成一圈，用红绳绑住。

能送给女朋友。

安全见我掏钱,脸上乐出褶子,一个劲劝我再买点其他东西。就这样,在安全的怂恿下,我本来只需要带些食材,结果买了一大堆没用的礼品回去。

因为安全中文好,给我的感觉不错,通常只要我去小拉孟买东西,总会叫上安全,给他20块人民币,让他陪我逛上半天的街。一来二去,我们也算成为朋友了。

安全的身世没什么特别。他很小的时候父母相继离世,十三岁就一个人四处流浪,先是在一个深山里的贩毒组织当童兵,后来发现械斗越来越多,同伴越来越少,他心里害怕就果断逃离,来到小拉孟。

我问他,当童兵是什么感觉?

安全想了很久,说其实也没什么特别的感觉,就每天跑步打枪,空闲时大家打赌吸粉,日子很单调,但是白米饭管饱。

"大家都在吸粉,你怎么不吸啊?"我问安全。

安全揉着脑袋,不好意思地告诉我主要是没钱,要是有钱他也吸。

因为没手艺也不想吃苦,安全就守在街头巷尾和野生动物市场门口,给中国游客提供信息,赚个几十块,再拿些摊主的提成,凑个吃饭钱。安全没什么上进心,也没做生意的天赋,能混一天是一天,因此快三十岁还是底层情报贩子。

我觉得安全人有点蠢,就常请他吃饭。

有次我和安全吃夜宵,正好隔壁桌是常哥,我就叫常哥过来和我们拼一桌。

常哥是内蒙古人,三十多岁,膀大腰圆,原先是货车司机,跑边境线路。

早年间,边境线上跑车的司机需要拉帮结派,才能生存下来。因为利益纠纷,常哥和其他司机有了矛盾,有人往他的车上塞了两包白粉,在过一个小口子临检时被发现。常哥觉得解释不清楚,害怕坐牢,就驾车撞开路禁,狂奔百公里,一路逃往金边坡。到了金边坡,常哥从采矿工人做起,慢慢积累本钱,和当地人合伙开了赌坊,在缅邦娶妻生子,日子过得不错。

这段传奇的经历常哥逢人就说,我在饭桌上不知道听了多少回。

有次我没忍住,问他:"常哥,我记得边警都拿着枪,你怎么逃的啊?"

常哥瞪了我一眼,没有接我的话。

常哥比较健谈,大家先聊了一些热场的话题,然后常哥话锋一转,声音稍稍降低一点,问我知不知道最近发生的一件事。

我摇头,问他最近发生了什么事?

常哥说,一个星期前,有三个商人来到金边坡,想在这边开赌坊,相关的手续、关系都已经打点到位,就差选个赌坊的具体位置。

这三人挑了个缅邦的条狗作为向导,带他们去可以新建赌坊的空地上进行实地考察,咨询费是每天200块人民币。

那缅邦人连续带这三人看了几天,结果他们发现另一个条狗收费便宜,每天才150块人民币。这三人应该是苦出身的生意人,出于经济方面的考虑,加上几天来都没有看到让他们满意的地方,果断换了向导。

常哥说话时,安全两手各拿一支筷子,不停敲击陶瓷碗。我嫌声音难听,就问他干吗要一直这么敲着?

安全停下手上的动作,说自己听人讲,中国人经常会在饭桌上说书,常哥说书说得很好听,他这是在给常哥配乐。

我有点无语,叫安全别敲了,还告诉他:"你这动作在我们中国,是很没有礼貌的动作,而且敲碗是乞丐才会做的事。"

安全看了我一眼,不情愿地放下筷子,转头对常哥说:"这件事,我,我知道,那三个商人,后来就死了的。"

常哥左半边嘴咧着,右半边眉毛耷拉下来,一幅看傻子的模样,看了眼安全,然后才缓缓点头。

这三人是被两个缅邦向导合伙杀害的。原因是200块人民币一天的条狗认为这三人欺骗了他,就把情况告诉150块人民币一天的条狗。150块人民币一天的条狗认为这三人欺骗了自己的缅邦同胞,同时还欺骗了自己。

两个缅邦人凑到一起,越说越生气,最后联合将这三个人杀害,用柴刀砍下他们的脑袋,还抢走了他们身上的全部钱财。

常哥说到这里,把酒一饮而尽,酒杯重重摔在桌上,对我说:"这些缅邦人和狼一样,你要有机会赶紧回国算了。"

还没等我说什么,安全就抢先对常哥语气很认真地说,你说缅邦人像狼是不对的。

常哥问安全,那像什么? 安全说,像豺狗啊。

我问安全,为什么?

安全说,狼只有很饿的时候才会吃尸体啊,而豺狗天生就喜欢吃死人的。

我和常哥对视一眼,又迅速分开,半晌都没言语。

我们都没想到,看着没什么文化的安全,能说出这样有深度的话。

安全见没人理他,就盯着我看了会儿,语气颇为自豪地张嘴笑道:我们缅邦人,都知道自己是豺狗的。

安全有两个女朋友,都是妓女。

我见过她们,脸上打的粉很重,身材黑瘦,头发一长一短,染成蓝绿色,标准的缅邦妓女模样。这两人不仅知晓对方的存在,还同居在一起,白天经常是两人陪安全待在房间,轮流给安全做饭吃,晚上就各自出门接客。生活的节奏单一重复。

有一次,我和安全在赌坊里玩得久了,商量出来吃宵夜，正好赶上安全两个女朋友收工回家。安全小声问我，今天能不能让她们过来也吃一点，还说自己没钱，平时很少带她们在外面吃东西。我看安全说得可怜，就让店家稍等下，等安全的女朋友们过来再点菜。

大概过了二十分钟，我有点不耐烦的时候，安全的两个女朋友才到，典型的缅邦妓女风格，没礼貌，对不是客人的中国人带有细微可见的恨意。

两人坐下后没和我打招呼，直接就围坐在安全身边，开始叽叽喳喳地用缅语说着话。他们拿着菜单，点了很多菜，催促着店家赶紧上菜，根本没问过我想吃什么。然后三人又互相聊了十来分钟，安全才想起来我的缅语水平很差，提议大家用中文交流。

如果是刚来金边坡，做东却得到这样的待遇，我一定会生气。但是待久了，我知道这其实是金边坡缅邦百姓的普遍性格，他们大多没受过教育，所处的环境又是如此混乱，通常只会考虑自己，很少为其他人着想。

我临走前去柜台结账，安全特意跟出来，从背后偷偷拉我的衣服，问我能不能和他的女朋友们说这顿饭是他付的钱？

我没回答，只是看着安全。

此时，安全又凑近了点，声音很轻，像是干了什么坏事。他悄悄和我说，之前自己吹牛，说这顿饭是存了好久的钱请女朋友们吃的，让我不要揭穿他。

我很无语，只能朝他点头。安全一看我答应他，立马拍我的肩膀，笑着说中国人就是大方。

散场的时候，我和安全他们挥手道别，两个女的冲我翻白眼，表情颇为不屑，大概把我当成了蹭饭的家伙，安全则用口型和我道了个歉。

我能理解安全为什么要这么做，因为两个女朋友辛苦赚来的钱很大一部分都用在安全身上。每当安全吵着说要买什么电子产品，或者是想要新款的衣服时，两个女人就会各出一半的钱来满足安全的要求。

我问安全，为什么他从来不单独找其中一个女朋友要东西。安全眼睛斜着看我，说："做人要公平。"

金边坡的婚姻状态是多元化的。一夫一妻、一夫多妻、一妻多夫、多妻多夫的情况普遍存在。但像安全这样长得一般，没钱没权，女朋友们还能彼此认可，甚至相处融洽的情况就比较少见。我问安全，这是怎么做到的？

安全平时说话有点结巴，但是讲到女性时，就会挑着眉毛，语调很轻快地和我吹嘘他应对女孩子的经验。说着说着，就让我给他几十块钱的学费，他会把这么多年应对女孩子的经验全部都传授给我。我看安全比我大了快十岁，混成这样还能同时拥有两个女朋友，居然信了他的话。

安全挺守信用，我交了钱以后，他经常会找机会传授我追女孩的技巧。其实大部分都是他的自娱自乐，比如什么说黄色笑话逗女孩子，用草地上拔的几根野草编头环之类的，我后来试过几次，根本没用。

我感觉自己被骗了，就骂安全，说他的技巧完全派不上用场，叫他退钱。

安全见我骂他也不生气，反而把他的花裤衩口袋外翻，耸着肩膀说，他没钱。

但其实有一次例外。

我记得那天太阳很大，我跟安全还有他的两个女朋友上街闲逛。

安全领着两个女朋友，路过一个小花田时，他毫无征兆地甩开两个女人的手，小跑到花田里摘了一大把的鲜花，然后一分为二，仔细数成相同的数量，同时递给他两个女朋友。

两个女人的皮肤都比较黑，笑起来牙齿特别白，一左一右搂着安全，嘴里不断说着情话。说得久了，一个女人把头靠在安全的肩上，另一个女人则拿牙齿咬了口安全的手臂，痛得安全原地跳起来，三人顿时大笑。

我当时离安全他们不远，不知道为什么，这幅画面一直停留在我的脑海里。

其实安全原名并不叫安全，是因为要讨好一个赌客，自己给改的名字。

那个赌客是个女人，来自中国台湾，我不知道叫什么，四十岁上下，看起来很贵气，戴了块水头很好的观音吊坠，手上还有串金镶玉的转运珠。她连续三个月都待在小拉孟的红棉赌坊，很少出门。

这女人通常待在大厅玩百家乐，出手阔绰，一把牌最高上过十万。

她对钱不是很看重，赢钱时就随手抓一把筹码，放在赌桌上，让围在她身边的人随便拿。有时送的筹码多了，还会引起纷争，我见过两次有赌客因为抢钱大打出手。

红棉赌坊是小拉孟最早的几家赌坊，虽然规模不大，但是各方面的关系都很硬。因为女人高调的行事风格，有些输红眼的赌徒盯上过她，想要绑了她敲点钱出来，但是都被红棉赌坊出面给警告了。安全就是在那时候见到的她。

安全爱赌，但是水平和运气都不行，通常是辛苦存了十天的钱，两把牌就输出去了。这时如果我在，他就会凑到我跟前，让我给点筹码。我开始还心软，会丢给他一两个，后来直接不理会，因为这家伙从来不会想着还我。

自从我不给他筹码，安全在赌坊里遇见我，就再没有打过招呼。而且，每次路过我身边，都会用肩膀撞我一下，见我目光看向他，他就赶紧走开。

安全没钱上台，但又想赌，就只能做"码子"。

"码子"和侍应生干的活是一样的，但是赌坊并不会发工资。"码子"是荷官带的人，一次只能待在一个赌台，全靠自己在赌客那蹭小费，最后还要交一部分给荷官。

那段时间，那女人在哪个赌台，安全就跟到同一个赌台。他站在女人旁边，端着果盘和茶水。只要女人张嘴，安全就赶紧用牙签戳着水果送进她嘴里，女人伸手，安全就边用嘴吹着茶水，边双手捧着递过去给她。

靠这样殷勤的招待，安全和女人渐渐熟络起来。我经常会在赌台上，看到两个人在不停说笑。

后来发生什么我不太清楚，大概两个多星期以后，安全难得请我喝了杯奶茶，还没等我喝下第一口，他就很兴奋地和我宣布，自己被那女人包养了。

我觉得那个女人非常缺爱，眼神也不好，不然为什么会看上安全这种人。

被包养后的安全说话文明了许多。他平常和我出去吃饭，遇到菜上慢了，常常满嘴脏话，现在问话都是："您好，请问菜还需要多久上来？"

我问安全："被包养的感觉怎么样？"

安全乐着说很不错，这就是他以前梦寐以求的生活。我又问他："那你之前两个女朋友呢？"

安全边开啤酒，边说已经分开了。他告诉我，开始那两个女人死活都不同意分手，说可以接受四个人，然后他就去问那女人行不行，结果被大骂了一顿，说不解决这件事就让安全滚蛋。

安全立马回家把两个女朋友狠狠打了一顿，赶出了房间。

我觉得安全不道德，皱眉问他："你那两个女朋友对你还是很好的，这么做不太好吧？"

安全喝了一大口啤酒，撇着嘴角说我年纪小，不懂事。他说，那两个女的都是妓女，而且自己还得经常出来挣钱，哪像现在，每天就陪着赌博、上床，还有钱拿。

混迹赌场的人大多懒惰、薄情、习惯不劳而获，安全并不是例外。

有钱以后，安全也回请了我两顿饭。

一次在饭桌上闲聊，他说包养他的女人信的是台湾一个宗教，问我有没有听过。我摇头。

安全说，那是个很小众的教派，只接受有钱人，教义是号召每个教众散财，拥抱平凡，平常穿着要朴素，不能化妆戴首饰。他们还经常会在全球各地免费巡回展览，多是展出宗教内成员写的书法作品，顺便宣扬自己的教义，吸纳新成员。

我和安全说，怎么听着这么像邪教？安全问我，邪教是什么？

金边坡只信佛教，其他的教在这里没有生存土壤，所以安全不理解邪教的概念。

我说："比如在金边坡，除了佛教，还有人信的其他教派就是邪教。"

安全听了以后，想了一会儿，对我说："可是佛说信仰是自由的。"

我不知道怎么和安全解释，只能换个方式问他："那女人穿得一看就有钱，不太符合你说的那个教义。"

安全想了一下，告诉我那女人和他说过，她是因为中年丧子才选择入教，时间不长，受不了整天很朴素的穿着，但在国内她又不能违背教义，就辗转来到金边坡，想要充分感受金钱带来的快感。她害怕自己以后就很难再有这种体验。

我笑着说还不错啊，那女的信这宗教，感觉挺温柔的，不像是会养鸭子的。因为我知道，喜欢包养异性的中年女人和中年男人大多是同一个群体，产生变态的概率极大。但那女人看上去还算斯文，安全算是走运了。

我话还没说完，安全就把杯子甩在桌上，震得很响，然后拿手指着我的脸，大声地说："你不要这么诋毁她。"

还没等我说话，安全就率先起身，没有结账就离开了。

过了个把星期，安全专程来和我道了歉，说之前是他冲动了，要回请我一次。

这次我明显感觉到安全在饭桌上的做派不大一样。原先安全的话不太多，更多时候是听我或者其他人讲话，频频点头表示附和，现在就变成我讲一句话，安全就会插上一嘴，三句不离那女人。

我笑着对安全说，你这么显摆没意义的，那女的是中国人，最后肯定是要回去的，你到时候又不能跟着她回台湾。

安全脸上的笑容瞬间消失，把筷子往桌上重重一放，骂我不会说什么好话，又起身离开。

结果还是没有付账。我记得那天，自己看着安全的背影，心里想的是，这家伙是故意不付钱吧。

后来大概有一个月的时间，我没有再见过安全，等到再次见面的时候,是安全主动找的我。他告诉我之前的猜测是错误的,自己已经确定要去中国生活了。

我问他:"那女人答应带你走了?"

安全冲着我直点头,脸上的笑没停止过。

我犹豫了一下,想着还是得提醒下安全,就又问他,那个宗教一听就不太靠谱,这女人对你也太好了吧,还想着把你带回台湾,你要不要再认真考虑下。

安全听了很生气,他骂我是嫉妒他,嫉妒他可以离开这里,而我只能永远待在金边坡等死。

然后他就立马转身离开,刚走出几步,又转头问我:"你懂什么,外,外面再差还能比这里差吗?"

和喜欢来金边坡做生意的外国人不同,很多本地人通常是有机会就想要逃离,除了这里的任何地方,对安全来说,其实都是天堂。

安全离开金边坡的那天,只有我一个人陪他。我们买了几瓶酒,蹲坐在街口,两人先干了一瓶。

喝完酒的安全,脸上的笑容再也止不住。他边笑边告诉我,自己要去过好生活了,要去早上没有枪声,晚上没有死人的地方生活了。

我问他:"你知道台湾在哪里吗?"

安全摇头说不知道,但是他专门去找人问过,说那地方很漂亮,有大海,有高楼,有很好吃的东西,有特别漂亮的姑娘。

安全把手上的一个空酒瓶往街道中间砸过去，发出"砰"的声响，吓坏了一个过路的游客，那人骂了几句，但是没有上前来讨说法。

　　我看安全这个动作，觉得这家伙小人得志，嘲笑他："哟，要去台湾整个人都不一样了，平常也没见你这么大胆啊？"

　　安全转头，没回答我的话，反而嘿嘿笑着问我，你见过大海吗？

　　我把手里的啤酒喝完，告诉安全，我小时候经常能看见海。安全可能没想到我竟然见过大海，刚想开口的话又吞了回去。

　　隔了一会儿，他又大声和我说，他马上就要去台湾了，别说大海，其他全部东西都会见到的。

　　见我只顾着喝酒，没理他，他就拿酒瓶子碰了一下我的手臂，又问我，那大海是什么样子的？

　　我想了一下，说："反正我看到大海，就会觉得很难受。"

　　安全脸上的笑容渐渐散去，然后拍拍我的肩膀，丢支烟过来，说不知道他见到大海的时候，会不会难受？

　　我们两人抽了小半截，安全重新开口，问我："在那里，所有人都能活下去的吧？"

　　我没有犹豫，看着安全，认真地点头。

　　安全看到我点头，脸上又很快出现笑容。说自己到台湾以后要狠狠睡个三天三夜的觉，躺在很软的床上，谁来叫他都叫不醒那种，然后问我那种床是不是叫席梦思？

我说是叫这个名字的。

安全又说自己要吃很多东西，全都让那女人付钱，他一分钱都不用出。

我呵呵笑了两声，心里想说：你也没钱好不好？

安全大概看我只是笑着，没有说话，就从鼻孔里发出嗤笑声，说我肯定是嫉妒他了。

我无语，双手合十，对他拜了一下，说自己的确是很嫉妒他。

安全看我这模样，立马就大笑起来，反复说着自己要去台湾了。

那天其实我陪安全的时间没多久，喝了两瓶啤酒就撤了。临走前安全问我要了国内的地址，他说可能会给我写信。

我嘲笑他："你还知道写信啊？"

安全瞪了我一眼，很认真地告诉我，他特意了解过很多中国的事情，知道传统中国人都是通过信件来进行沟通的。

我又问他："那你会写汉字吗？"

安全摇头，说自己正在学，女人也在教他。

然后我就再没说话，和安全说了声再见，就回到赌坊，在老虎机前继续消磨时光。

金边坡，能让人最快学会的是离别。

本来我已经忘了安全这个人，直到2017年底，我和陈拙在北京的一个四合院聊了四天,把我在金边坡经历的事情都说了出来。临走时陈拙叫我好好写。

我之前写过最长的文章就是语文试卷的800字作文,心想这是个大工程,就回到当初前往金边坡之前住过的客栈,待了半个星期,想要找找感觉。

没想到,那客栈的老板娘还认识我,说前两年有一封信寄过来给我。她找不到我,又把信扔回院子里的信箱。

那信箱已经很老,锁都锈了,看起来很久没人用过。

信封发黄,上面的寄信人是安全,信纸上的话不多,上面写着:我现在过得很好,你呢?

字很丑,写得歪歪扭扭。

信封里还有一张照片,是安全和那女人的合照。两人在海边,安全留起一头的长发,两人被海风吹得头发和衣服都蓬乱,女人靠在安全的肩膀上,很开心地笑着。

我看着安全一脸幸福的模样,突然非常生气,从口袋里掏出打火机,把照片给烧了。

失踪的孩子

来金边坡做边缘生意的人，往往会在经过一段时间，接触罂粟花之后，给自己树立一个新的道德路牌：这里是金边坡，我所作的恶相比其他人的杀人贩毒，不算是恶。

小恶不是恶。

我在酒桌上听在缅邦做小商品生意的陈爷讲过一个说法：金边坡生活着两种人，一种人，泯灭良心有钱拿，另一种人，没有良心也没有钱拿。

2009年5月上旬，卖家出货渠道出现一些问题，导致我负责的线路上货物得不到及时补充，只能暂时搁置，我也停工休息。

无所事事两天以后，猜叔带我去大奇丽玩。

我问猜叔，怎么不去小拉孟，反而要跑这么远的路来大奇丽。

猜叔转头对我笑道："带你去见识见识金边坡的魅力。"

我很诧异,之前不是早就在达邦、小拉孟这些地方见识过了吗?

猜叔摇着头告诉我,外人都认为金边坡很大,其实不是这样的。像小拉孟这些靠近中国边境的地方只能算泛金边坡区域,大奇丽才是真正意义上的核心金边坡。

那这两个地方有什么区别?我又问。

猜叔这次回答得很简单,就两个字:安静。

我最开始不明白,为什么猜叔会用安静来描述金边坡,直到我第一次踏上大奇丽的土地。

当天早上9点钟,太阳已经把整个地面照得火亮,我们的车子缓缓开进大奇丽附近郊区的一条街道。

两旁的房子破旧不堪,除了沿街一些小赌坊粉刷过墙壁,其他的地方全都坑坑洼洼,甚至有很多房屋一副风一吹就要被刮倒的模样。

时间还早,路上行人不多,年纪大的坐在房屋的阴影下,年纪小的倚靠在树旁,目光随着我们汽车行进的方向悄悄移动。

我把车窗摇下来一点,可以清晰地听到汽车压过树枝,发出"呲呲"声。

猜叔又开了一段,踩下刹车,停好,下车。汇集在我们身上的目光慢慢消失。

猜叔拍着我的肩膀,告诉我:如果今天不是他带我过来,只有我一个人的话,刚下车就会被这些看上去弱不禁风的老人和小孩围着要钱。

我点点头，说自己已经感觉到金边坡的安静了。

猜叔笑着拍了拍我的脑袋，叫我别不懂装懂。然后把口袋里的枪掏出来，朝着天空打了一下。"砰"，声音很大，猝不及防的我耳朵都给震得嗡嗡响。

猜叔努了下嘴巴，示意我向四周看看。我揉着耳朵照做。这么大的声响，竟然没有引起任何恐慌，两个互相撒尿玩的小孩子，也没有停止手里的动作。

"为什么？"我问猜叔。

"一把枪而已。"猜叔笑着把手枪放了下来。

"这里两年一小乱，三年一大乱，这些人早就习惯了。"猜叔把枪放进皮套里，边扣上扣子边问我，"枪声和鸡叫声，真的有区别吗？"

我下意识想要说有，但怎么也说不出口。只能赶紧催促猜叔带我离开郊区，去大奇丽的县城，有很多中国人玩耍的地方。

到了大奇丽县城，猜叔临时有事要赶回去，问我走不走。我心想三个小时的车不能白坐，什么都没玩就回去亏了点，就摇头拒绝。

猜叔也没勉强，把我介绍给这里四五家赌坊的总巡场，让我有事可以找他，就开车离开了。

总巡场姓赵，我叫他赵哥，三十岁出头，十五六岁的时候过来缅邦，算是"后期混血儿"。

赵哥从一个最小的"签单"马仔做起，十来年时间就做到赌坊打工仔里的最高级别,还混了些股份,娶了两个越南美女。

赵哥长得一脸木讷,话不多,看上去是个老实人,下手却格外狠辣。我见过他催"死单"时的模样,用一把铁榔头把男人的指头一个个敲碎,很残暴。

我从一开始就莫名讨厌赵哥,没待在他给我安排的赌坊和宾馆,自己一个人出门溜达。

大奇丽县城的中国游客特别多,我不用担心安全问题,何况我口袋里有枪。

大奇丽地方不大,有名的除了赌坊就是妓院,很多老嫖客冒险坐船过湄公河,就想来尝鲜。我偷偷跟在两个秃顶男人身后,听他们大声讨论东南亚各国女人的差异性。

走着走着,凑巧看到一个没有门牌的小店。门内的蓝色塑料凳上坐着一个女人,穿着一条浅灰色的长裙,双脚并拢,双手放在腿上,脸上涂着一点点的粉,没有任何的笑容。

她在一片穿着笼基、花花绿绿的缅邦妓女中显得与众不同。我进了门。店里只有一张木板床,一条竹制的长椅,一台卫星电视,还有两台电风扇,一台挂在墙壁上,一台摆放在床头,"呼呼呼"吹个不停。

长椅上斜躺着一个男人,很瘦很憔悴,正眯着眼睛看我。

我以为自己进了专门坑中国人的黑妓院,下意识想要掏枪,还没来得及做出动作,女人的声音就传了过来,"你是中国人吧?"

我停止掏枪的动作，因为我从女人的口音里听出一丝亲切感。

我犹豫着问道："听口音你也是中国人，还是温州的？"

女人听我这么说，眼睛一下就睁开，脸上还露出笑容："你咋嫩峡得？"①

我稍微沉默了一会儿，说自己以前有个哥哥就是温州人，温州腔的普通话一听就知道。

靠着异国遇老乡的兴奋感，我们慢慢聊起来，都是一些家乡的趣事。直到我问她，为什么要过来做这个？

女的没有回答，男的反而硬挤着干枯的脸皮露出一个笑容："你是老乡，我们算你便宜点，一次200块，送全套。"

男的见我没回话，继续推销说，自己的店有个特殊卖点，他说自己是这女人的老公，可以全程在旁边观看。

我没忍住，上去给了他一巴掌，刚想继续打的时候，发现两人没哭没闹也没反抗。正常人遇到突如其来的袭击，都会下意识伸手阻挡，但男人只是看着我，斜躺的姿势几乎没变化。女人把长椅边缘放着的玻璃杯拿到手里，大概怕我会不小心打碎了。

我有点不知所措，把手放了下去。

---

① 你咋嫩峡得：你怎么知道。

金边坡的小型赌坊，温州人开的占了半壁江山，哪里赚钱，哪里就有温州人的身影。我头一回见到温州人在金边坡混得这么惨。

我试着和他们沟通。我递给他们钱，想要知道他们为什么来这边。但他们都在回避这个话题。最后我实在没办法，打算离开。

刚起身，听到女的问我："你在金边坡待了多久？"

我回答："挺久了。"

"那你认识这里雇佣兵组织的头目吗？"

我假装自己认识。

"那你可以帮帮我们吗？"

我还不知道需要帮的忙是什么，就已经点头了。

从那天的上午到凌晨，我坐在这间闷热的小房子里，听完了这对夫妻的故事。

这对夫妻都是浙江温州人，男的叫张琦，女的叫孙锦芳，都是 70 年代末生人。

张琦从一所重点大学毕业，之后在一家中型企业上班，工作能力突出，四五年时间就被提拔成中层干部。孙锦芳上的是普通专科，学的是会计，成绩不好，但凭借家里的关系也有一份稳定高福利的工作。这样的学历背景，在当时算得上是知识分子家庭。

温州流行相亲，结婚也普遍较早。两人经媒人介绍，认识不到半年就在家人催促下成婚了。

"我们大学毕业没多久，年纪都小，电影院都没去过，就要结婚了。"

孙锦芳说第一次见面，双方家长坐下来吃了一餐晚饭，就把婚期定在2000年的国庆节。按照温州的传统，是要先订婚，再结婚的，但两个家庭都很着急，好像赶着去救火，一切从快，跳过订婚环节，一边在郊外盖自建房，一边准备结婚事宜。

两人婚后的生活平淡无奇，柴米油盐、加班赚钱，如同所有中国普通家庭。

"我们两个一起生活没到一年，就觉得双方生活习惯完全不合，打算离婚了。"孙锦芳说这话的时候，偷瞄了一眼张琦，发现张琦耷拉着眼皮，也看着她，赶紧把头转回来。

她说张琦不爱干净，也根本不记得两人的任何纪念日，总共就给她买过三次礼物，还都没有超过20块钱。虽然每天都会做饭，但买的菜都是张琦自己爱吃的，零零碎碎的小事累积起来，把她憧憬的婚姻生活击了个粉碎。

孙锦芳想离婚，就把这个念头表达给张琦，张琦没有任何挽回的意思，直接点头同意。即将在离婚协议书上签字的时候，意外怀孕把这一切叫停。

2001年，孙锦芳怀孕了，第二年生下儿子，小名叫丑仔。温州人对生儿子向来有种偏执，孙锦芳第一胎就生出男孩，让双方家庭十分满意，也为两人想要离婚的念头增添了很多阻力。

婚后第二年，张琦出轨，孙锦芳闹离婚，被双方家长劝和。婚后第四年，孙锦芳出轨，被情夫敲诈15万。张琦问孙锦芳是否还要继续过下去，孙锦芳点头。张琦选择原谅孙锦芳，因为不想闹得双方家庭都知道，就支付了这笔钱。这样的生活，两人过了六年。

2007年初，年关将至，孙锦芳带着丑仔出门买零食。孩子说要喝饮料，孙锦芳就去排队，一个不留神，丑仔就不见了。

接下去的一个月，双方家庭像是疯了一样满城寻找，没有任何讯息。

那段日子，张琦每天都要喝一斤白酒，一喝醉就打自己。拿脑袋撞门、烟头烫胳膊，试图用身体上的疼痛来忘记孩子走丢带来的痛苦。孙锦芳说这不是他的责任，叫张琦打她，张琦不肯。

这样痛苦地生活了三个月，在双方家庭的长辈都纷纷放弃，劝说两人再生一个的时候，张琦和孙锦芳做了一个决定：他们要自己去找孩子。

"大家都说儿子找不回来。张琦不信。"孙锦芳说张琦从小家境贫寒，依靠读书硬生生闯出来一条路，还把父母、两个兄弟和一个妹妹的生活重担都挑在肩上。在他的认知里，没有什么是通过努力解决不了的。

同时，两人还做了一个约定：一旦找到儿子，马上离婚。

"为什么孩子找回来反而要离婚？"我问两人。

孙锦芳把张琦脚上的拖鞋拿掉，让他可以方便地踩在自己脚上，好给他捶打小腿。张琦的小腿皮肤很松弛，每碰一下都有波纹。

孙锦芳连续敲了十几下，才回了一句我至今都不太懂的话："我可以陪他吃很多苦，就是享不了福。"

也不知为什么，在这之前，我其实已经见多也听多了悲惨的故事，早就没什么反应。可这句话却好像触到了什么东西。

孙锦芳的讲述很平静，没有愤怒，没有怨恨，没有任何想象中经历如此残酷的人该有的情绪。除了说到和张琦相处中的一些细节会偶有颤音，讲述其他事的时候，她的语调、音量都很少有起伏，就像给孩子说睡前故事。

我几乎不去打断。孙锦芳说，每年走丢的孩子非常多，找回来的寥寥无几。她和张琦都明白这一点，还是义无反顾地踏上寻子的路。

出发前，张琦和孙锦芳把工作辞了，房子抵押贷款，家里老款的帕萨特低价典当，凑钱换了一辆二手陆巡，准备从温州周边的县城开始，慢慢扩大搜索范围。

"他说陆巡是出了名的跑不坏，一定要换车。"孙锦芳骂张琦是乌鸦嘴，车子跑不坏，人是不是就要一辈子都在路上挣扎呢？这不是一个好兆头。

张琦和孙锦芳给自己定的时间是一年，一年的时间里如果找不到孩子，就不再想这件事。

两人抱着这样的念头，开始一边到各个城市贴小广告,一边在公益组织里求助,有时还会花钱在报纸、电视上打广告。

经过一段时间的寻找,他们手上已经有了无数个寻子互助群,上面全部都是孩子走丢的父母。大家在这些群里相互鼓励,提供线索。

张琦和孙锦芳第一次了解,每年竟然有这么多的孩子因为各种原因走丢。接触得越多,两人对找回孩子的信心就越少。

"后来,我们在路上一整天都不说话。"孙锦芳说她和张琦两人,在寻找接近一年的时间后,已经变得麻木。他们只是沿着高速路开车,一个站口一个站口地下,飘荡到哪里就在哪里粘贴小广告。

两人每天最害怕的是晚上临睡前的五分钟。因为他们有个习惯,睡觉前会把手上的地图打开,每寻找过一个地方,就会在地图上画个圈。但地图仿佛有自动清洗功能,圈圈永远画不完。

2007年的大年三十,张琦和孙锦芳把车停在高速路上的紧急停车带,听着车载广播的节目,就着饼干矿泉水度过了新年。

2008年初,在双方父母、亲戚、朋友的日夜轮番劝说下,张琦和孙锦芳停止寻子之路,重新找了一份工作,开始朝九晚五地上班,健身锻炼,电影麻将,周末还会请朋友来家里吃饭,绝口不提儿子的事。这样过了三个月,就在所有人都以为两人已经迈过这道坎时，他们选择重新出发。

"大家说的我们都懂，就是做不到。"孙锦芳说自己也知道重新生一个孩子、安稳上班就不会这么辛苦，两个人一直飘荡在外面，路途可能漫长，也可能会遇到意想不到的危险，但还是无法放弃。

我当时觉得孙锦芳在撒谎，你都懂了怎么会做不到呢？后来才明白，有一类人会在权衡过所有利弊之后，选择一条最难走的路。

他们又找了三个月，还是渺无音讯。

一天，张琦和孙锦芳站在一个县城下属镇的电线杆旁，把手上最后一张寻子广告粘贴完，去车子后备厢拿备用小广告的时候，发现已经没有存货了。他们痛哭起来，歇斯底里地打了一架。孙锦芳把张琦的脸抓花，张琦把孙锦芳的眼角打出血。

当晚，两人在一家很简陋的旅馆床上，互相给对方擦拭药水，之后做了一次爱。这是他们一年多来第一次做爱。

孙锦芳当时已经打算放弃，但张琦很认真地和她保证：他们一定会把孩子带回来的。

张琦和孙锦芳想的办法是，打入人贩子这个行业，这样至少会离自己的孩子近一点。他们开始给公厕、街边买卖人口的小广告打电话，假装自己是买主，想要借此机会和这一行的人搭上话。

小广告上预留的电话号码，连续十来个都是空号，后来总算打通一个，对方要求必须要先打预付款才交人。张琦和孙锦芳没办法，只能按照对方提供的银行户头汇款1万元，结果再没回音。孙锦芳两人陆陆续续被骗了四五万，甚至有一次遇到警察钓鱼执法，被关了几天，受了点苦。人贩子太谨慎，两人毫无办法。

后来，张琦慢慢琢磨出门道，要混入人贩子这一行，不能过于直接，要懂得曲线救国。做这些违法生意的家伙，只会信三教九流的人。

抱着这样的想法，两人开始挑选适合进入的行当，最后一致决定去当乞丐。乞丐相对容易伪装，也没有入行门槛。张琦和孙锦芳不再开车，十多天不洗澡，拿着一个破碗，吃最便宜的快餐，睡在桥洞、工地、公园这些地方，买了点颜料，找块板子写上编造的悲惨故事，跪在地上沿街乞讨。

他们很快融入乞丐这个角色，等到两人觉得自己已经变成真乞丐，就开始试着接触其他的乞丐。

"出来这么久，就那几天最开心，对吧？"孙锦芳问张琦，还记不记得那几天，她每天晚上都要在张琦的怀里才能睡着。

张琦没回她。

说到这里，时间到了下午1点，该吃饭了。我对这个时间印象很深刻，是因为张琦说："三个钟，你刚好要付给我老婆三个小时的点钟钱。"

我提议请他们去外面吃，两人没同意。

只见孙锦芳从床底拿出一个电饭煲，两个碗，两双筷子。没有饭勺，他们用碗反扣着打饭。她又打开桌子下的一个抽屉，掏出一个白色的塑料袋，袋子里是玻璃瓶装的红色辣椒酱，辣椒酱已经见底。

孙锦芳用筷子把辣椒酱涂到白米饭上，递给我，让我搅拌一下。"很好吃的。"她告诉我。

我拿起筷子，问她哪里来的辣椒酱。孙锦芳说是托老乡买的。"你现在还能托谁？"我问，她笑笑，没说话。

我尝试着吃了两口，饭很凉很硬，有点馊味，辣椒酱确实是熟悉的味道。

孙锦芳自己没有吃，脸上露着笑容，一小口一小口地喂张琦。看到张琦艰难地吞咽，我觉得这顿饭吃得很诡异，就问他们想喝什么牌子的白酒，我出门找朋友拿，保证正宗。

孙锦芳没说话，看了一眼张琦。张琦朝我摇头，幅度很小，"我不喝酒。"张琦说，自己从前就不爱喝酒，而且他酒品不好，喝多了会被家里人嫌弃。

看他说得很自然，我愣了一会儿，用左手食指戳着自己右臂，再看向他："你都这样了，还怕什么？"

张琦朝我笑一下，眼睛睁大了点："保持一些以前的习惯，让我觉得自己还是个人。"

城市的乞丐大多人员固定，都是相互拉帮结派，很少有外来乞丐能够单独混饭吃。张琦和孙锦芳两个人，就选择加入安徽芜湖的一个团伙。这之后，两人正式开始乞讨生涯。

张琦说，乞丐内部也分等级。老大身边的亲信可以去比较繁华的地段，例如车站、步行街，而不招老大喜欢的家伙就只能去偏僻、人流量少的地方。张琦和孙锦芳就只能去中小学校附近，收益不多。

这一行待的时间久了些，他们觉得乞丐也分好坏。好乞丐只是假装自己是残疾人骗取同情，坏乞丐则是偷蒙拐骗无恶不作，小到偷街边的电缆、路上的井盖，大到帮一些地痞流氓对女性图谋不轨。

关于这个，据我所知，乞丐并没有张琦说得那么恐怖，大部分都是些好吃懒做的可怜人，而且胆子普遍都不大，违法犯罪的事也不太敢做。毕竟要是有这胆量，早去混别的行业，不做乞丐了。

张琦和孙锦芳觉得，一些乞丐因为熟悉当地的情况，会选择和人贩子联合，告诉人贩子哪里容易作案，哪里小孩出没的次数多。张琦问他的老大认不认识人，让他也加入人贩子这个行业，他想发财。

张琦当时的老大是个五十多岁的老乞丐，四肢健全，无儿无女，一生都在行乞，平常没事还会挑逗孙锦芳，占点小便宜。

这样一个人，在听了张琦的话以后，把他狠狠打了一顿，叫张琦带着孙锦芳滚。

老乞丐看不起人贩子。

张琦和孙锦芳并没有就此放弃。

他们很快又加入另外一个乞丐团伙。这个团伙的成员比较复杂，其中有人能和一个比较大型的拐子团伙联系，张琦就此正式接触人贩子行当。

人口买卖有一条完整的产业链存在，包括买家卖家以及中间的抓人渠道，都有很严格的控制。人贩子一般是两到三个人为一个小组，而且内部有业务范围划分：小孩和年轻女性是其中最大的经济来源。

我接触过一些人拐子，虽然不像张琦说的那样有专业分工，但大部分还是有一套自己的流程。一般是亲戚带亲戚，朋友带朋友，两三个人就开始全国各地流窜，很少有超过五个人的。甚至很多人是因为听说附近村子有人想要买老婆，单枪匹马跑出去抓人。

张琦选择加入的人贩子组织因为规模比较大，所以有一个入伙考核。考核的标准就是成功拐卖一个人，时间越短，质量越好，考核打分就越高。

张琦和孙锦芳原本是想慢慢在这一行打探消息，看能不能运气好打听到自己孩子的下落，没想过真的要当一个人拐子，因为这已经是实打实的犯罪了。但在过去一年多的时间里，张琦和孙锦芳两人积攒的思念之情超过一切。这是一次难得的机会，他们不想放弃。

仅仅商量了一个晚上，他们就告诉拐子团伙里的老大，他们夫妻选择加入，但是不偷小孩，只搞年轻女性。

"那年轻女性不也是别人的孩子吗?"我问孙锦芳。

孙锦芳没有回答,而是转头看向张琦。张琦盯着我看了看,说道:"是我逼着她做的。"

张琦和孙锦芳选择了一所大学附近,那儿有一段道路比较阴暗,头顶的路灯不知道被谁打破了,很适合作案。

当时是他们两人加上组织里提供的一个经验丰富的老手,三人守株待兔。等了有一刻钟,晚上10点多的时候,终于有一个女大学生经过,看样子是着急回寝室。

组织里的老手从阴暗处窜出,装作问路。女大学生很谨慎,摆手说自己不知道,同时加快步伐,想要快速离开。但是老手紧随其后,在旁边不停地说着话,甚至伸手阻拦,想要女大学生停下来。女大学生很紧张,就差要起步逃跑。

这时候,张琦和孙锦芳出现,两人手挽手并肩走来。孙锦芳看到女大学生以后,一把拉过来,和她搭话。

女大学生一开始很惊慌,但看到孙锦芳朝她不停使眼色,张琦又守在一边,对老手怒目而视的模样,一下子反应过来。她以为自己遇到了好心人。

女大学生很机灵,顺着孙锦芳的话接下去,有一茬没一茬地聊天。

孙锦芳出身富裕,说话好听,人也长得漂亮,给人的信任感很强,而女大学生的社会经验比较少,没多久就完全信任了孙锦芳。

"那姑娘太傻了。"孙锦芳说自己看时机成熟,就对女大学生说，看她一个人不安全，自己有车可以把她送回寝室。女大学生就此上了三人预先准备好的车子。

孙锦芳打开车门，叫女大学生上车。女大学生刚抬腿，就被旁边的孙锦芳推了一把，整个人跌倒在车厢里。张琦冲过来捂住嘴巴，老手负责拿绳子捆绑住手脚，没几分钟，女大学生就被控制住。三人赶紧开车前往据点——郊外一个村子的民居里。

后来发生的事，张琦没参与也没阻止，孙锦芳则早早就上床睡觉。

这之后的两个月，张琦和孙锦芳流窜于四川、湖南、贵州。业绩突出的两人在团伙内地位攀升，很多人开始管他们叫张哥、孙姐。趁此机会，张琦提议去浙江温州做案子，众人纷纷点头。

其实早年间的东南沿海省份，拐卖儿童的案件屡禁不止。因为经济发达，家庭条件优渥，小孩长得水灵，所以价格普遍比西北内陆地区的孩子高一些。

张琦选择回到温州，是因为他认为当初自己孩子走丢，肯定不是小团伙作案。温州外来人口众多，鱼龙混杂，主要地区的乞丐都是拉帮结派，更何况人贩子这种暴利行业。

儿子丢失在市中心，而中心区域向来都是大团伙的自留地。我能理解张琦的推断，因为在底层的灰色产业链中，很多人没读过书，却都掌握一个技巧：人群中一眼就能发现自己的同行。

人贩子常见的手段是事先踩点蹲点，在人来人往的地方静静等待机会，长时间待在一个地方，后面进来的小团伙就很容易被发现。

犯罪团伙都遵循一个原则：越小越难找，越大越显眼。张琦觉得自己终于有了一点线索。

重新返回温州，张琦通过团伙里专门负责各省份踩点地盘的家伙，顺利联系上当地比较大的乞丐团伙。在给了一些开口费之后，张琦知道了温州最近有哪些地方容易作案，哪些地方小孩出没较多。张琦顺带着问出，去年快过年的时候，有没有人贩子团伙在市中心活动过。

有乞丐告诉张琦，他记得有一群面生的人拐子过来这边。张琦问，现在去哪里了。乞丐说不知道。

张琦又问，那伙人的长相还记得不？

乞丐也记不清，只说当初大概是四五个人，带着广西口音。

张琦和孙锦芳起初听到这个消息时很兴奋，他们觉得这伙人很可能就是拐走自己孩子的人，但这情绪很快就消失，因为人贩子基本不会在家乡犯案，这是习惯，所以去广西找是没用的，这个线索的用处没有想象中大。

正在两人又陷入沮丧的时候，那乞丐问他们，是不是想要找那伙人？

张琦点头，心里却没抱什么希望。

乞丐却说自己可以联系上那群人贩子，只是要给报酬。张琦强忍住心里的激动，问，为什么你能联系上？

乞丐说他去年刚好抱过一个小孩卖给他们，得了5000块钱。那伙人走的时候，给了他联系方式，说以后有小孩可以继续出手。

人贩子一般同时使用多个手机号，给买家的联系方式是最常换的，给卖家的，则根据信任程度不同进行区分，感觉是同类的，就会留最常用的。

我不相信，问孙锦芳："这也太巧了吧？"

孙锦芳重复了一遍我的话："是啊，这也太巧了吧。"

张琦给了200元的信息费，兜兜转转一大圈，竟然在温州获得了最可能拐走自己孩子的人贩子的联系方式。

张琦得到联系方式的第一时间就打算报警，让警察来抓捕这群人，审问出自己孩子的下落，但被孙锦芳阻止了。"如果通知警察，警察肯定会问你们怎么知道有人贩子交易的。再追问下去，先被抓起来的肯定是我们自己。"

张琦想了很久，决定引蛇出洞。

张琦和孙锦芳花了几天的时间，拐骗来一个七八岁的小女孩。之后让那乞丐打电话给对方，说自己有孩子可以出手。

那伙人贩子很谨慎，先是仔细核对了是不是乞丐本人，问了一些诸如去年乞丐卖给他们的孩子长得什么模样，是男是女，具体年龄这些问题。确认以后，就挂了电话。隔了几分钟才又打回来，说具体的时间和地点，他们会另行通知。

人拐子这一行，就算在三教九流里也算不上技术工种，比不上小偷、绑匪，甚至连卖越南新娘的边境人口贩子都比不上，还会被其他行业的人所不齿。

我对这群人贩子有这么高的警觉其实有点惊讶，向孙锦芳深入打听了诸如在哪一片活动、团伙总共多少人这些问题，才知道他们确实是这行里做得比较大的。这伙人在2012年底给抓起来了，四人判死刑，剩下十来人一辈子都要坐牢。

在等通知的这段时间，张琦和孙锦芳就陪着乞丐和小女孩，四人同住在宾馆的一个房间，每天吃饭都是让孙锦芳去买，就怕错过电话。

小女孩刚上小学，身上还穿着校服，整个人缩在墙角很少动弹，每天都不吃饭，后来饿得不行了才喝了粥。孙锦芳看到小女孩这个模样，就过去安慰她。"我叫她别哭，我不会伤害她的，我自己也有孩子，只是求她帮个忙。"孙锦芳说当时那小女孩听了她的话，哭得更凶了，直到被张琦打了两巴掌，才不敢再哭。

第三天晚上8点多，乞丐终于接到人贩子的电话，说晚上10点，叫乞丐领着女孩去郊区的一块空地边等着。

张琦怕小女孩坏事，出门前特意给她喂了安眠药，然后才开车带着乞丐前往目的地。

在快要到达指定地点的时候，张琦让乞丐下车，抱着小女孩走过去。

人贩子很警觉，比约好的时间推迟了半小时，应该是一直躲藏在暗处，觉察到四周没什么危险，才冒出身影。

"那天只来了一个男的，长的还挺壮。"孙锦芳说还好对方人不多，不然他们只能一直跟着人贩子到目的地，等团伙分开后再动手。

双方一手交钱一手交货。人贩子给了乞丐现金之后，就抱着睡着的小女孩离开。

张琦和孙锦芳赶紧尾随，在人贩子刚想上车离开的时候，张琦趁他不注意，拿着钢管，敲了一记闷棍。第一下准头不够，从背后没打准脑袋，反而把肩膀打伤，人贩子躺在地上不断哀号，小女孩也被摔在一旁。张琦见状，又赶紧补了一棍，正中脑袋，但人还是没昏迷。

"他还想打第三棍，被我拉住了。万一给人打死了，孩子就找不回来了。"孙锦芳开始的情绪不算高，说到这里才拉高了些音调。

两人拿出绳子，费力把人贩子捆好，堵着嘴拖上车。

两人先把小女孩丢到派出所门口，然后才把人贩子拖回自己家。因为张琦租住的是郊区的自建房，可以直接把车开进院子，并没有人发觉。

孙锦芳他们把人贩子拖进房间后，将他绑在一张椅子上，然后拿了毛巾，沾了热水，把人贩子脸上的血都给擦干净，准备问话。

"最开始的时候，那家伙只会'啊啊啊'地叫，声音很大，我怕他吵到邻居，就把他的嘴巴用毛巾堵起来。"孙锦芳说过了半小时，给人贩子涂了点止疼的药水，他才安静下来。

"那家伙很硬气，一直在骂我们，不肯承认拐了丑仔，更不肯说出把丑仔卖给谁。"孙锦芳说张琦先是打了人贩子几拳，然后搬了两个小茶几过来，每个茶几的一脚就压在人贩子的两边脚趾上，两人分别坐上去，疼得人贩子哇哇大叫。

"那家伙每叫一次，我们就拔他一颗牙。"孙锦芳说后来人贩子就不叫了，只一个劲地流汗流泪。

当晚，张琦和孙锦芳的逼问有了结果：孩子被卖给了云南的一户人家。

隔天，张琦和孙锦芳坐上最早的一班飞机，前往云南。

因为两人深入接触过人贩子行当，知道里面的孩子会遭遇什么样的苦难，所以在飞机上的时候，他们设想过很多场景，孩子被虐待、被性侵、被打断手脚乞讨等。

"我们想了一百种情况，唯独没有想过，那户人家从事的是二手生意。"孙锦芳说的二手生意，指的是国内的人贩子和境外的雇佣兵组织联合，把孩子卖到金边坡。

他们说到这里，我就明白了。金边坡常年动乱，死人，死很多人。大部分黑色行业的势力，其实都不愿意看到金边坡陷入战争的泥潭，因为这会让生意变得难做。但其中有一个行业，巴不得天天都打仗，这就是金边坡的雇佣兵组织。

大部分的雇佣兵组织都接收各国的退伍军人，也吸纳、训练童兵，只要有给钱就可以帮助其他势力开战，也时常会出售一些训练有素的童兵给贩毒组织。

因为现在的贩毒组织内部不禁毒，加上时常相互开战，人员消耗得极快，所以金边坡本地的孩子的出生率已经不足以支撑过高的死亡率，很多想钱想疯了的人就把目光放到周边国家。

一个孩子的标准售价是两万，如果是长期客户，还可以打折。

虽是如此，但因为卖出去的价格不高，赚到的利润不够多，所以中国儿童的需求量其实并不大，孙锦芳的儿子被卖到金边坡的话，运气算是非常不好了。

卖了丑仔的那户人家，是一个爸爸带着两个女儿，母亲早年上山砍柴被捕兽夹夹住，流血过多死亡，小女儿是买来的。

我问孙锦芳，你怎么知道得这么清楚？

孙锦芳回答我，他们把这三人捆起来问过。

在得知自己孩子被卖到金边坡以后，张琦和孙锦芳在河边坐了很久。第二天，两人花钱在路边的一家旅行社找了个边境导游。

临出发前，张琦问导游，金边坡真的很危险吗？导游点头，说最好不要去。

张琦说，自己没办法。

2009年1月，张琦和孙锦芳来到金边坡，先是在小拉孟,后来搭了一辆黑车前往大奇丽。

金边坡的世界和他们想象的一样,复杂而危险。但金边坡也和他们想象的不一样,这里太复杂也太危险。

来到大奇丽的第一个夜晚,搭他们过来的司机叫了一帮人,轮奸了孙锦芳,然后给张琦静脉注射,让他百分百染上毒瘾,最后强迫孙锦芳卖淫。

在金边坡,做这样一单女人生意,收益大约是10万元。

这个行当里,有些是其他行业的人弄来女人卖给妓院赚人头钱,有些是自己直接强迫女性卖淫。大概是不想把这些误入歧途的女人逼得太惨,会给她们留个念想:赚够10万就撒手。

和赌坊签单是10万起,伐木工人后来也是10万块一条命,在这里,10万是个奇怪的数字。

"如果你们迟点来就好了。"我告诉两人,2009年上半年恰好是大奇丽比较动荡的时期。5月份开始,大奇丽的地方势力换了一批,安全问题好了许多。

事情到这里,我听得有些难受,让孙锦芳不要再说下去。我问她:"现在找到自己的孩子了吗?"

孙锦芳摇头。

我只能安慰她:"没事的,雇佣兵组织不会把没有训练好的童兵卖给贩毒组织,因为这样得不到多少钱。"

孙锦芳瞪大眼睛,佝偻着背,握着我的手,一个劲地问:"是真的吗?是真的吗?"

我点头，告诉她千真万确。

张琦靠在椅子上，胳膊上都是针孔，一看就是吸毒过量的症状。他硬撑着站起身子，对我微微鞠了个躬，连说了三个谢谢。

我问他们，想不想回中国。

两人先是愣了一会儿，然后摇头说不回去了。

我心里有点不舒服，就没有继续追问。我想给他们承诺，但是又害怕承诺他们，只得起身离开。

张琦看我起身，还问：真的不要来一次吗？

我当时想踹这家伙一脚，但是很快就收住念头。我怕把他给踹死。

在离开店门的时候，我问了最后一个问题："拐走你们孩子的家伙，现在怎么样了？"

孙锦芳站在门内，先是沉默，然后才对我笑了下，却没有回答。

我没再问下去。

我当时年纪不大，因为家庭原因，对婚姻只有失望和不解，对于张琦和孙锦芳，印象最深的其实是个无关紧要的问题。

我问他们：你们都这样了，回中国可能也生活不下去，这些年到底是怎么过来的？婚姻对你们来说是什么？

张琦没说话，孙锦芳想了很久才对我说：熬。

和他们聊的十几个小时，我记住的有很多，对这个问题，记忆却像隔了一层毛玻璃，回忆不出他们的动作、神态,这个"熬"字却留了下来。

当天,我返回达邦,跟猜叔说,自己想认识金边坡几家大型的雇佣兵组织。猜叔问我想要做什么,我随意撒了个谎,忘了具体内容。

又过了一段时间,我重新回到大奇丽,站在那对夫妻的店门口,看到门口坐着另一个缅邦女人。她岁数看起来不大,头上扎了一条彩虹发带,一看就是义乌小商品市场买来的。

我在原地站了十来秒,想透过门框看清店内的景象。但里面很黑,模糊一片。

我开口问缅邦女人,原来的那对夫妻在吗?

缅邦女人听我说的是中文,转头看了我一眼,没有回答。

她不是听不懂我的话,只是看我没有进去的意思,不想浪费时间。缅邦人只想和能带来利益的人打交道。

我重复问了一遍。

等了好一会儿,缅邦女人才终于不耐烦地回答:死了。

我听完,直接转身离开,没问他们为什么死,怎么死的之类的话。

就是"哦"了一声。

血色森林

2009年7月的一天早上，天还没亮，猜叔就来到我的房间，他用脚踢了几下竹床的床脚，把我叫醒。

猜叔让我把货物送到一个叫作肯通的地方，再带几个人回来。肯通对生活在金边坡的人来说并不陌生，那里有几座历史悠久的寺庙，当地人常去游玩或朝拜。

虽说肯通风景特别美，但我当时并不想去。那段时间肯通比较混乱，附近山脉常年有支游击部队流窜。这支游击部队没有立场，收钱办事，给山脉里的四五家小贩毒组织运输毒品或者做其他的生意，经常制造流血事件。

我问猜叔，干什么突然改变运送地点？

猜叔叫我别管那么多，把货送到就行。他告诉我具体地点，让我把车开到肯通的一个大佛下面，大概中午12点会有人过来接手。

我看了下时间，才凌晨4点多，就问猜叔，过去只要两个多小时，干吗这么早叫我？

猜叔没有回答。我意识到自己问得太多了，只能快步走出房间，上车，点火。

到肯通时，很多缅邦男人还没起床，路边的房子里只有妇女在生火，小孩坐在凳子上等着开饭。我没停留，很快找到猜叔说的佛像。那是一个传统造型的释迦牟尼佛像，大概七八米高，盘腿坐在莲花座上，双手结手印，目光直视前方。

我出发得急，没吃早饭，打开副驾驶的抽屉，拿出偷偷藏起来的八宝粥和两根火腿肠。说来也巧，我刚准备打开八宝粥时，天边就冒出太阳，光线照在佛像身上，金光一片。我不信佛，那一刻心里却涌起拜一拜的想法，便下车把吃的放在地上，双手合十，朝佛祖鞠了个躬。

吃完有点犯困，我把驾驶座放平，准备躺着睡觉，刚躺下没多久，就不断听到"叮叮"的声音。我一看车子外面，围了七八个小孩，大的有十来岁，小的只有七八岁，都在拿小石头扔车子。

我应该是下车时被这些孩子发现的，他们一眼就认出我不是本地人，如果我不回应或者显露出害怕的样子，这些看着无害的小孩就会上车抢东西吃。于是，我摇下车窗，把手里的黑星手枪朝他们挥了挥，孩子们一哄而散。

被孩子一闹，我打消了睡觉的念头，把车子发动开始听歌，等全部碟片都听完两遍，猜叔说的接头人终于出现了。

对方是游击部队的军人，总共十来个人，开了两辆皮卡过来装货，领头的家伙戴一顶黑色贝雷帽。

货物被他们装上车后，我刚准备离开，被领头的家伙叫住。

只见他的手下从车上拖出来三个男人，手被反绑，脸上都挂着彩，身上还有刚愈合的疤痕。他们把这三个人绑在我皮卡车斗里，领头朝我叽里呱啦说了一大堆。我缅语只能听懂最简单的词汇，心里却明白了。

因为那三个人，被绳子固定在我的皮卡车上时，其中一个人不停在重复"救救我"，声音很轻，说的却是中文。

他们是中国人。

我朝领头的比了个 ok 的手势，开车离开。

回去的途中，后面的三个人不停用头敲打车子，尝试和我说中文，问我是不是中国人，能不能把他们放下来。

我一句话也没说，不能说，不敢说。

到了达邦，我把车停在房子外面的空地，猜叔的手下将这三个人带走。这三个人临走前都盯着我看，眼神像老鹰。我很心虚，只能把视线转移，歪着脑袋不看他们，自顾自回到房间。

晚上吃饭，猜叔看我的状态有点走神，忽然说："今天那三个中国人是伐木工人。"

猜叔说，这些人在肯通伐木时，被游击部队抓住，雇用他们的伐木商人就花钱请猜叔把人带回来，不会出事情的。听猜叔这么说，我知道这三个人的命运不会像我之前想的那样，赶紧端起酒杯敬了猜叔一杯。

11月份,缅邦雨季过去的第二个星期,无数辆重型卡车陆陆续续进入森林,开始为期三个月到半年不等的伐木工作。

金边坡的森林资源十分丰富,树木多是几十上百年的年轮,加上当地势力交错繁复,缅邦政府放任不管,所以诞生了边境地区庞大的木材生意。

伐木工那件事过后半个月,猜叔喊我一起去小拉孟吃饭,说是之前请他帮忙的伐木商做东。

去小拉孟的路上,我开着车和猜叔聊天:"猜叔,难得看你专门为了一顿饭跑这么远啊?"

猜叔头靠在座椅上,说:"是陈总请的饭。"

"陈总?"我转头看了一眼猜叔,"小拉孟的那个陈总?"猜叔"嗯"了一声。

我"扑哧"一声笑了出来,看着他说道:"猜叔,陈总还要找你帮忙赎人啊?"

陈总是边境最大的伐木商之一,在金边坡非常出名。他有三十辆奔驰重卡,百余辆大型卡车,一千多个经验丰富的伐木工,五十多人的私家武装,控制着边境木材运输最主要的一条线路。此外,他还拥有一个大型采石厂和三家高档赌坊。

如果将金边坡的大佬进行划分,除了官方以外的第一档势力是各大民族地方武装首领,第二档是自治武装头目和大型灰色行业的领头人,陈总就是第二档的人物。

猜叔瞪了我一眼，叫我把头转回去专心开车，说："他找我帮忙，就是为了今天这顿饭。"

我听不懂，问猜叔什么意思？

猜叔骂了我一声，要我多动脑子思考。他说做生意就是这样，找你帮个忙，回请个饭，两人慢慢就熟悉了。

我还是不太明白，但再问就显得自己很笨，只好一个劲地答应着。

猜叔又骂了我一声，说我这辈子都混不出头。

那天饭桌上只有我、猜叔和陈总。陈总还带了两个保镖，是退伍兵，长得高大壮实，从头到尾没说过话，就坐在隔壁的小桌上。

陈总个子一米七左右，鹰钩鼻，小眼睛，马脸显得特别长，左脸颊靠近颧骨的地方有颗长毛的黑痣，留一头齐耳的短发，前面刘海常年会拿发夹固定，发际线比一般人高些。

我们坐下后，陈总先是道谢，说上次的事情麻烦猜叔，又敬了我们一杯。

当时我喉咙有点痒，喝了酒以后咳嗽了两声。陈总看了我一眼，笑着问，是不是酒不好？

我连忙摇头。

猜叔顺嘴插了一句："他是见到你紧张了。"随后就提起我第一次来金边坡，被几个小孩子抢钱的事，引得陈总大笑。我也只能赔笑。

我不喜欢陪猜叔应酬，因为他每次需要调节气氛的时候，都会拿我这事说笑。

听多了两人酒桌上的谈话，我才明白，陈总做东根本不是为了道谢，他是想要插手边境新娘生意。当时缅邦最大新娘生意的老板是猜叔的契弟，陈总想让猜叔做个中间人。

"这个忙我帮不了你。"猜叔拒绝了陈总的提议。猜叔这话一说出口，陈总的两个保镖立刻就站起来。我在旁边，把视线转向陈总，伸手指了指他的保镖。陈总回头瞪了一眼，让保镖重新坐下。

后来陈总就岔开话题，和猜叔聊起伐木的事情。

"最近的生意不好做吧？"陈总和猜叔碰了一杯酒，说道。猜叔点头，笑着对陈总说，和你这个不需要本钱的生意比，确实不好做。金边坡伐木、开矿之类的生意是单纯资源掠夺，相比其他灰色行业，就连贩毒都需要找烟农种植罂粟，但伐木只需要派人砍木头就行，确实不需要什么本钱。

在金边坡，越简单的生意越暴力。"画圈"和"退票"，就是伐木生意最困难的两个点。

画圈是指伐木场之间要划定势力范围，金边坡只有几个大商人拥有固定的伐木场，其余的中小商人都要靠抢。

退票是要防备民族地方武装势力的敲诈勒索。票就是钱。伐木商要交纳巨额保证金和承包费给当地民族武装势力，以获得林区采木权。

但是，当地其余民族武装势力却会在木材运输时设卡拦截，用各种借口克扣木材，甚至是直接武装争抢，伐木工伤亡算常有的事。时间久了，伐木商开始给工人配备土枪和砍刀，只为了能够在这个行当里生存下来。

饭桌上，猜叔和陈总互相说了一些各自行业的现状，陈总就请我们到赌场玩。

上车以后，猜叔夸我今天表现得不错，比陈总那两个保镖懂事多了。我赶紧恭维都是猜叔教得好。

猜叔一到赌场就直奔包间，我没钱玩大的，只能拿着陈总送的筹码坐在老虎机前塞币玩。正玩着，看到陈总走过来，他问我："中国人？"

我点头，陈总又问我是哪里人，什么时候过来的这些问题。因为我是猜叔的人，不好表现得太热情，但又不敢不回答，只能有一句没一句地搭茬。也许是看我谈兴不浓，陈总拍了下我的肩膀就离开了。

我赌运一向不好，老虎机很快就把钱吞完了，我坐在椅子上闲得无聊，陈总正好经过，就叫我去休息室吸烟。

金边坡的高档赌坊门口都会挂出"Free Room"的标志，意味着赌坊提供免费的赌客休息室。休息室通常都比较大，有一个主厅和若干个偏厅。主厅坚果零食啤酒任取，偏厅则会分隔出很多小屋子，里面有摇晃的水床、高档的音响、暧昧的灯光和各国美女技师。

我和陈总坐在主厅吸烟，陈总叫了两个人按摩头部。

我扫了一眼背后的按摩师，随口问："赌场这些开支很高啊。"

陈总开始没反应过来，隔了一会儿才笑出声。原来，这些免费休息室只是个噱头，吃喝都不值钱，小黑屋也不是真正的免费。当你兑换筹码达到一定数量以后，才会由电脑记录。你进了赌客休息室，电脑会自动进行比对，如果你没有被记录在内，美女技师就永远对你说：客满请稍等。

"这个叫作与时俱进。"陈总把烟熄灭。

我刚想说什么，看到陈总的保镖走过来，递给陈总一份报纸。我瞄了一眼，是一份中文报纸，刊登的大约是些国内的政经要闻。

我几次想说话，看陈总读得入神，就忍住没说。等了大概十分钟，陈总才把报纸折起来，问我看不看？

我把报纸拿起来，刚看了一个开头就放了下来，揉着眼睛说算了。闲得无趣，我问陈总："陈总，这家赌坊是不是你的啊？"

陈总看看我，说这家赌坊确实是自己的，问我怎么知道。

"因为我感觉你很抠门，是你说来玩的，结果就给了我100美金的筹码。"

我把手里夹着的烟拿高放在眼前，姿势像在上香，继续对陈总说："还有，我都请你抽了五六支烟了，还没见你发我一支。"

"你这么抠的人，不会做赔本买卖。"我最后一句总结。

陈总大笑起来，说以后我来这家赌坊，买100的码就送100的码。

接下来的几个星期，我常来这家赌坊，一般都是玩老虎机。陈总承诺的100码，一共也只送了两次。不过他在的时候，会叫我去休息室抽烟。

"陈总，你是不是把老虎机赔率都给调低了？"我觉得自己在陈总这里的运气，比在其他赌坊差远了，一次都没中过，就直接问他。

陈总很大方地承认。

我很无语，又不敢骂人，端起桌子上的水杯喝水。

陈总盯着我看了一会儿，笑着问我去不去楼上唱歌，我本着占便宜的想法就答应了。

陈总挺大方，还叫了几个姑娘。我看陈总连续唱了三遍《精忠报国》，眼睛合拢，无比投入。我放大了胆子，笑嘻嘻地说："陈总很爱国啊，老听你唱这首歌。"话虽这么说，心里觉得异常好笑。

陈总瞥了我一眼，声音从话筒里冒出来："对啊，我唱的是报国。"

我看陈总因为唱歌太投入，汗水将头发打湿，黏在皮肤上，像是个搞摇滚的老家伙，就对陈总说，我刚进金边坡，就听人说过一件事。

陈总问我："什么事？"

我故作认真地说："江湖传言，陈总哪天没把额头的刘海撩起来，就说明你今天心情非常差，是要死人的。"

陈总握着话筒半晌没说话,突然笑起来,对着我的头打了一巴掌,骂我竟敢调侃他。

我顺势一躲,没让他碰我脑袋。

陈总把手收回去,看着我,说道:"你挺特别,不怕我。"我说怕你干吗,我又不跟你混。

陈总点点头,觉得有道理。

继续和我喝了几瓶酒后,陈总对我说:"我觉得你和我儿子性格挺像的。"

我问什么性格?

"没吃过苦头。"陈总从我的烟盒里抽出一支烟。

我不知道陈总心里怎么想的,反正后来他就经常约我喝个酒,聊聊天。

有次,陈总忽然单独请我吃饭。那天他的话不太多,一个劲地和我喝酒。

我看气氛实在有点压抑,努力找话题:"陈总,你给我说说你的发家史呗?"

陈总抿着酒杯,问我想干什么?我说就很好奇。

陈总看我这模样,轻声笑了下:"人这一辈子,能做的决定其实也就那么几个。"

他这辈子做得最对的决定有两个:一个是放弃做毒品,另一个就是来到金边坡淘金。

1986年开始,金边坡贩毒行业迎来第二个黄金期,吸毒需求也在这一年暴增。90年代初期,陈总曾考虑把手头资金投入到毒品运输里。那时整个边境地区都流行一句口头禅:"背篓宽,背篓窄,背篓一挑一大财。"

我问陈总,卖翡翠也很赚钱,大家为什么要沾惹贩毒这种掉脑袋的买卖呢?

陈总说,那时候利润实在太大。高回报率让整个边境都陷入疯狂。"钱在地上,总有人会捡。"

有些人没钱买货,就盯上带毒的人,叫上亲戚朋友,腰揣一把柴刀,窝在树林里,每逢有落单的贩毒者经过,便一拥而上抢走毒品,遇到反抗的就地砍死,连人都不埋就离开,尸体交给时间和雨水,任凭其发烂腐臭。当时很多的边境贩毒者,会把这些小路称作"阴阳路"。一旦你成功穿过,就能从地狱回到人间,还能发财享福。

90年代中后期,政府加强对边境口岸的管控力度,大批贩毒人员被枪决,当时在运输毒品圈子里名声响亮的人,现在要么吃了枪子,要么流亡逃窜,没一个有好下场。

与此同时,陈总做起了伐木生意。

一开始缅邦的伐木商其实并不多,因为中国也有大量的森林资源,不需要舍近求远,单单是物流运输成本就承受不起。但随着国内的树木遭受大量砍伐,各地政府出台森林资源保护政策,实木家具的价格节节攀升。特别是2000年红木标准出台,高端红木家具市场瞬间爆炸,红木价格一天能变几个模样。庞大的利益必然会催生无尽的罪恶,蜂拥而来的伐木商逐渐开始占据金边坡。

"这么多人都挤到金边坡来啊？"我问。

"所以现在的天下都是打下来的。"陈总点头，说伐木商原先都是生意人，不想使用暴力，但可惜在金边坡，你和别人讲道理，别人和你讲武器。

因为伐木商砍伐的树木经常被当地村民和地方武装抢走，他们就开始在西南各地广泛招募伐木工人，一卡车一卡车地运送到金边坡，参与地盘争夺。伐木工先是用铁棍砍刀，发现冷兵器完全比不过热武器之后，伐木商就大批量地购买枪支弹药，招募雇佣兵和退伍军人，训练出私人武装，一个林区一个林区地打过去。

"这些人真的太聪明了。"陈总说，一些伐木商看伐木生意竞争开始变得激烈血腥，随着伐木工死亡人数的增多，遣散费和安置费都是一大笔钱，利润也必然逐渐降低，就联合泰国等东南亚国家的军火头子，转行做起了军火中间商。

中国的人口优势在伐木这一行当里得到集中体现。仅仅几年时间，缅邦的森林里随处都能听到中国各地不同的方言。最高峰的时候，大小林区总共有十万伐木工，混乱程度堪比战场。

死去的伐木工就近挖坑埋葬，铺一层树叶，再插块木板就当作墓碑，一般不会刻名字，离开得悄无声息。我去过林区一次，只看见过一块大石头上刻有死人的姓名和悼念他的人的姓名。其余的人，都永远消失在这片茂密的森林中。

陈总依靠先知先觉的眼光囤积了大批木材，包括紫檀和红椿等珍贵品种，加上在金边坡耕耘多年，从伐木人员到运输路线到客户资源再到武装势力一应俱全，就此迅速成为边境最大的伐木商之一。

他后来还和政府军联合建厂，提供大量就业岗位，缴纳巨额税收，给附近村庄建小学、修公路、造水库，时不时发起一些慈善捐助，转型成为金边坡颇有善名的实体企业家。

陈总和我聊起他来金边坡前的经历。

陈总家里有两个哥哥，母亲早亡，全靠父亲种几亩田勉强支持生活。他七八岁的时候，父亲遭人诬告偷东西，脾脏被打裂，没撑几年就去世了。家里三兄弟跟着年迈的爷爷生活，都没怎么读书。

1979年改革开放后，大批下海经商的人富裕起来。陈总说他们兄弟看到同村的年轻人外出几年，回来就盖了新房，买了收音机、缝纫机、自行车，羡慕得不行，觉得待在家乡没有出路，就商量着到沿海地区碰运气。陈总因为年纪最小，被迫留在家里照顾爷爷。

"陈总，那你哥哥们现在肯定也很有钱吧？"我顺势恭维了一句。

陈总眼睛盯着我看，轻笑一声："死了。"

陈总的两个哥哥年轻气盛，在火车上与人发生肢体冲突，冲突的原因好像是抓住一个正在行窃的扒手，并将其暴打一顿。下车后，两人被砍死在离火车站不远的地方，发财梦还没开始就已经结束。火化后的骨灰在寄送过程中丢失，落了个尸骨无存。

陈总爷爷听到消息的时候正在种田，直接倒在淤泥中，躺在床上只撑了三个月。老爷子在闭上眼睛的前一秒，突然鼓起精神，给了陈总一巴掌，很重的力道。

我问陈总："老人家干吗要打你啊？"

他说："后来年纪大了才想明白，这是叫我一定要有出息。"

我心里觉得奇怪，这种隐私的话题，陈总这种层次的大佬为什么和我说呢？但又不好意思开口问，只能沉默着。

也许是明白我心里的想法，陈总继续说，今天是他爷爷的生辰，所以他想找个人说说话。

我当时因为年纪的原因，不太懂事，加上当晚酒喝得有点多，一听到生辰，嘴巴比脑子快，先恭贺了句"生日快乐"。

陈总立马给了我一拳，很重。我的嘴唇破裂，血沫子都给打了出来。

我赶紧向陈总道歉，说自己嘴快了。

陈总说跳过这一页，叫我以后说话要先在脑子里想三遍。

爷爷去世后，陈总就去找村里的一个老人家算了一卦。老人说陈总家祖坟忌水，不能去沿海，让他往另一边跑。就这样，陈总十七八岁来到云南，瞎混一年多，没赚到什么钱。那时边境地区正掀起去金边坡捞金的风潮,他决定前往。

来到金边坡后,陈总先是做玉石切割师傅的助手,包吃包住但是没有工资。

"没工资你也做啊?"我忍不住插嘴问道。

陈总瞪我一眼,说:"年轻的时候,不要老想着钱。"

陈总说他见过很多学徒,好多年都没有一丝长进,每天重复的工作就是把原石搬来搬去,拿水冲洗,扫地擦桌子这些苦力活。他心想这样下去绝对不行,就偷摸着学手艺。从玉石的种类分辨、开窗擦窗的技术到如何挑选原石一点点钻研,一干就是三年,中间没有叫过一声苦。

陈总做事稳重踏实,挑原石的眼光也比较准,水切技术也相当过关,再加上是中国人,渐渐赢得了玉石圈的中国商人信赖,大家会把一些小型石材交易给他单独负责。

"在国外,有时候中国人的身份是阻碍,有时候反倒是助力。"就这样,陈总慢慢积累起人脉和资金。

之后,他仗着自己年轻会说话,又同一家缅邦大型采石场场主的女儿恋爱,以此成功同采石场建立长期合作关系。拿货价能低行价的百分之三到百分之五,所开的档口很快就打响了名气。又是三年时间,他的生意进入正轨。

"无中生钱远远比钱生钱困难。"陈总说这话的时候,语气很低沉。

陈总有次请我去塔坎游玩。

金边坡很大，有种类繁多的灰色产业链，其中翡翠生意最大的两个毛料公盘①市场分别位于瓦城和仰光，但是因为税收等原因，很多玉石商人会选择塔坎。

塔坎是一个小镇，除了一条主街开满玉石档口，其他地方仍然是传统破旧的村庄。

陈总陪我逛了一会儿，就带我去街道中心最大的一家店。他说他出钱，让我挑块原石，试试手气。

难得见他大方，我赶紧选了一块大石头。陈总瞄了一眼，说不行，让我再挑挑。

我有点明白他的意思，改为指向其中最小的一块。

陈总挺满意，边叫人过来切石头，边转身和我说："这拿出去卖要1500美金。"

我连声道谢，可石头切开以后仍是石头，没有一点绿色。

我后来把这件事讲给其他做玉石生意的朋友听，才知道那石头就是一块边角料，吃这行饭的人都不会要，放在店里多半是坑游客。朋友还告诉我，我们去的那家店就是陈总开的。

当天晚上我和陈总在路边摊上吃饭。结账时陈总提出

---

① 毛料公盘：翡翠毛料公盘，是指卖家将待交易的翡翠毛料在市场上进行公示，根据质料定出市场公认的最低交易价格，再由买家在该价格的基础上竞买，是一种较为独特和公正的拍卖方式。缅邦对翡翠资源的管理严格，只有通过公盘才可交易出境，其他一律视为走私。

ＡＡ制，说表面上是各付各的钱，但其实他是亏本的，因为我比他多吃了一碗饭。

我心里诧异不已，以为陈总是开玩笑。那时我还不能很好地掩饰内心的想法，陈总也许看出了我脸上的不屑，对我笑骂："花头精，这里的钱不好搞。"然后和我说起伐木工的挣钱之路，让我长长记性。

1998年以后，缅邦地区迎来伐木的十年黄金期，很多十六七岁的孩子来到林区。因为原始森林卡车开不进去，用大象装货效率又太低，所以需要伐木商修建简易道路。但是修一公里路的花费在半个[①]以上，伐木商的资金多压在这上面，为了收回成本，他们必须要伐木工夜以继日地赶工砍伐。

"伐木其实就是生活在古代。"陈总说伐木工当时一个月只拿2000块，却需要在早上太阳升起的时候开始工作，晚上太阳落山才能收工休息。

伐木场就近搭三个大型的简易帐篷，二十多人的伐木团队就住在里面。森林昼夜温差大，晚上需要烤火取暖才能熬过去，但是因为湿气太重，篝火很容易熄灭，七八个伐木工就挤在帐篷内抱作一团，四周都是吸血虫蚁，咬一口疼得厉害。

混得久的伐木工都会些中医，知道不同的植物可以治

[①] 半个：在金边坡"一个"是一万元人民币，"半个"是五千元人民币。

疗不同的虫子叮咬。每到午、晚饭时间，就能看到有伐木工嘴里嚼着不知名的植物叶子，然后"呸"的一声，吐在手上，往裤裆里涂抹。

"有点恶心。"我下意识地皱眉。

"那些虫子特别喜欢往阴暗的地方钻，"陈总说。

伐木工作强度大，消耗的食物自然就多，伐木工自带的干粮很快会吃完。虽然大米管够，但是蔬菜肉类却没有。伐木商定期会送一批腊肠进去，量不多，只是给工人沾沾油腥味，基本上还得靠他们在森林找菜吃。

"林区都吃些什么东西啊？"我没有这种体验。

"野草拌饭就是林区的标配。"陈总也就进过林区几次，知道那饭菜极其难吃，全都是重盐少油。

早年的伐木工人都是拿着油锯锯树，一天工作干完，手会抖得拿不动筷子，而且因为经验不足，常会发生意外。林区砍伐的多是直径几米的大树，年轻的伐木工看不准树木倒塌的方向，被砸死过许多。

金边坡遍地又都是蚊虫，被咬是正常的事。这就导致有人在被毒蜘蛛咬伤以后没在意，等到毒性发作时已经来不及，只能哀号着在地上打滚，逐渐死去。

装车回去的途中最是危险，运气不好就会遇到一些极端的民族武装分子，说话的机会都不给，直接拔枪射击。

"我记得以前死人只要赔半个，现在起码要十个。"陈总说到这的时候停顿了一会儿，"物价涨了。"

2000年到2005年的五年时间，金边坡森林资源骤减八分之一，无数林区被砍伐殆尽。

2007年，陈总考虑到成本，如果再用人工砍伐的方式效率太低，就率先花了一个多亿从德国引进全套伐木机械，后来各大伐木商纷纷效仿。机器的轰鸣开始响彻林区，每天就有一大片森林消失。

到2008年，单纯砍伐树木的利润率已经不高，危险系数也增加，陈总就把经营重心转移到木材加工厂和家具制造厂。依靠和缅邦政府的关系和自身的实力，低价收购中小型伐木商的货，陈总又赚了一大笔钱。

2009年11月，二十多个伐木商人被缅邦政府抓捕，关押进监狱。

我听到消息后问过陈总一个问题：为什么赚了钱的伐木商不去沿海发展，反而还是选择留在金边坡？

陈总说："沿海的商人得靠脑子才能发财，而这里只需要卖一条命就行。"

陈总邀请我去过一次林区，离小拉孟有四个小时的车程。

当天陈总临时有事走不开，就叫他的一个手下陪我去逛逛。那手下和陈总是老乡，叫周兵，三十多岁的模样，一身黝黑的肌肉，我不小心和他撞在一起过，硌得我生疼。我套近乎叫他周叔，但他没理我。

我们开了一辆军绿色的双门牧马人，顶盖给掀开，阳光照得皮肤火辣辣地疼。直到进入森林内，有了叶子的阻挡，光线才没有那么烧人。

我们要去的林区很近。周兵说我这么细皮嫩肉还是别往深处跑，我撇撇嘴想要反驳，又懒得和他一般见识，就没回嘴。

到达营地时，刚巧是下午，日头最晒的时候。营地内所有工人都躲在树荫下，从几个蓝色的大塑料水桶里，拿瓢舀水喝。伐木工看上去非常渴，但没有一个人将瓢里的水从嘴巴漏出来。

在几个大塑料水桶的中间，还有两个更大的塑料桶，里面装满了水，刚好够一个人坐下去泡澡。每个伐木工人只能在水里泡一分钟，就会换另一个人进去。大家起身的动作都很小心，害怕把水溅到外面。

"这泡澡还有时间限制？"我问周兵。周兵看了我一眼，没回答。

我又问了他一遍，他才回我。一个是不能多泡，这么热的天，这么强的体力活，人会泡出毛病，另一个就是时间有限，得让所有伐木工人都享受一遍。

我问为什么不去河里面洗澡，要这么多人节省着用水？

周兵说，林区里只有小溪，而且都在深处，不安全，也不好管理。

我被太阳晒得很烫，赶紧去车上的冰箱拿了瓶可乐。一口气喝了大半，打了个饱嗝，一抬头，发现周围的伐木工都在看着我。

八分之一，无数林区被砍伐殆尽。

2007年，陈总考虑到成本，如果再用人工砍伐的方式效率太低，就率先花了一个多亿从德国引进全套伐木机械，后来各大伐木商纷纷效仿。机器的轰鸣开始响彻林区，每天就有一大片森林消失。

到2008年，单纯砍伐树木的利润率已经不高，危险系数也增加，陈总就把经营重心转移到木材加工厂和家具制造厂。依靠和缅邦政府的关系和自身的实力，低价收购中小型伐木商的货，陈总又赚了一大笔钱。

2009年11月，二十多个伐木商人被缅邦政府抓捕，关押进监狱。

我听到消息后问过陈总一个问题：为什么赚了钱的伐木商不去沿海发展，反而还是选择留在金边坡？

陈总说："沿海的商人得靠脑子才能发财，而这里只需要卖一条命就行。"

陈总邀请我去过一次林区，离小拉孟有四个小时的车程。

当天陈总临时有事走不开，就叫他的一个手下陪我去逛逛。那手下和陈总是老乡，叫周兵，三十多岁的模样，一身黝黑的肌肉，我不小心和他撞在一起过，硌得我生疼。我套近乎叫他周叔，但他没理我。

我们开了一辆军绿色的双门牧马人，顶盖给掀开，阳光照得皮肤火辣辣地疼。直到进入森林内，有了叶子的阻挡，光线才没有那么烧人。

我们要去的林区很近。周兵说我这么细皮嫩肉还是别往深处跑，我撇撇嘴想要反驳，又懒得和他一般见识，就没回嘴。

到达营地时，刚巧是下午，日头最晒的时候。营地内所有工人都躲在树荫下，从几个蓝色的大塑料水桶里，拿瓢舀水喝。伐木工看上去非常渴，但没有一个人将瓢里的水从嘴巴漏出来。

在几个大塑料水桶的中间，还有两个更大的塑料桶，里面装满了水，刚好够一个人坐下去泡澡。每个伐木工人只能在水里泡一分钟，就会换另一个人进去。大家起身的动作都很小心，害怕把水溅到外面。

"这泡澡还有时间限制？"我问周兵。周兵看了我一眼，没回答。

我又问了他一遍，他才回我。一个是不能多泡，这么热的天，这么强的体力活，人会泡出毛病，另一个就是时间有限，得让所有伐木工人都享受一遍。

我问为什么不去河里面洗澡，要这么多人节省着用水？

周兵说，林区里只有小溪，而且都在深处，不安全，也不好管理。

我被太阳晒得很烫，赶紧去车上的冰箱拿了瓶可乐。一口气喝了大半，打了个饱嗝，一抬头，发现周围的伐木工都在看着我。

我感觉有点尴尬，就把手上的可乐递给最近的一个伐木工，问他要不要？

这个伐木工看起来是个十五岁左右的小男孩，很矮，大概只有一米六，但身体很壮，肩膀特别宽，脸却很小，整个人显得不太协调。他赤裸着上身，胸口有一道很长的刀疤，看到我递给他可乐的时候，脸上露出惊讶的表情，向后退了两小步。我以为他没明白我的意思，就走上前，重新把可乐递给他，这次男孩直接就转身跑开了。

周兵走到我面前，把可乐接了过去，再丢给那男孩。男孩一步跃起，把空中的可乐接住，冲着周兵露出牙齿，小声说了句"谢谢"，赶紧躲到一边把可乐打开，"咕噜噜"一口气吞下。

周兵拍了拍我的肩膀，笑着说："你刚才这么客气，会吓坏这孩子的。"

在林区待得有些无聊，我一个人开车到附近转悠。

大部分的森林都只剩下树墩，很难再见到一棵整树，全是光秃秃一片。我下车走进最近的村庄，想去接触一下这里的缅邦村民，顺便找点东西吃。

我进去的时候，村子里很多人都围坐在一起，好像是在讨论什么问题。

缅邦村民喜欢养狗，我刚开口说了一句话，他们应该察觉到我不是缅邦人，一句话也不肯再说。很多年轻的小孩快步跑回家里，把养着的各品种的狗放了出来。

全村的狗一起被放出来，"汪汪汪"的叫声瞬间刺破我的耳膜，我只能拼命往回逃，感觉耳边的风"呼呼"刮过。逃了大概几百米，钻进车里，发动汽车赶紧溜走，才总算没有出危险。

生活在林区的缅邦人，认为外人都是小偷和强盗，偷走了他们赖以生存的森林，抢走了无数的金银财宝。

自2005年，缅邦大学生上街游行抗议伐木商的违法行为，引起全世界的广泛关注以后，缅邦政府开始着力整治违法伐木行为，出台了很多的保护政策。但并不能阻止这条产业链的扩大。

回去的路上，我问了周兵一些关于伐木行业的现状。周兵告诉我，以前只要有人有枪，就能抢下一块林区，现在则需要缅邦政府或者地方势力的伐木批文。因此，送钱送古董送女人，各种手段轮番在金边坡上演。

金边坡承包一个小型林区的价格从最早的10万块暴增为500万元，但是没几年当地的武装势力就会换一批，又得重新交钱。

近些年来，缅邦政府军还因为伐木、贩毒等产业带来的巨大利润，开始频繁找借口和地方武装发生冲突，无理由扣押伐木工，通常得缴纳1万元人民币才会被释放。

新来的伐木工进行岗前培训时，第一条规定就是听到枪声果断逃离，看到戴帽子的士兵就装外国人，为此还教了他们几句常用外语。

那天在营地，我看到一群伐木工玩了一晚上炸金花。

大家手上没有现钱，就专门安排了两个人记账，输赢都写在本子上，回到小拉孟以后再结账。

我在旁边站了一会儿，发现大家赌的很小，只是一块钱的底，但上牌场的伐木工握着手上的牌，一个个都涨红着脸，就顺嘴说了句："这么小，玩得有什么意思？"

记账的伐木工一老一少，我不知道名字，年纪大的起码三十五岁以上，年纪小的和我差不多。不知道是不是我的话犯了忌讳，年轻的伐木工看了我一眼，回道："不封顶的，对我们来说很多钱了。"

我转过头问："你们的工资应该挺高的啊？"

那两人都算健谈，性格也开朗，告诉我，工资是挺高，但不舍得花在赌上。

伐木工的工资在金边坡一直都算高薪。我记得在2009年，普通伐木工稳定在5000元一个月，熟练一点的老人可以达到6000元，队长则在8000元以上。

"那你们钱用在哪里？"伐木工长期生活在林区，虽然不会被限制人身自由，可也没地方花钱。

年纪大一点的伐木工把新开的账目记下来后，抬头对我说："都给家里了。"

每一个伐木工在来到金边坡之前，伐木商人默认会预支三个月的工钱，所以最少也得做满一季度才会被允许回国。这里的伐木工，不管老少，拿到预支的工资，都是第一时间给家里。

我又问："你们挣的钱都给家里人，自己在这里受苦，有没有心里不平衡？"

两人盯着我看了很久，脸上的表情很惊讶。

我心想可能自己问了个很蠢的问题，就赶紧转移话题："我之前听过有工人想逃走，是因为什么啊？"

年纪大一点的伐木工告诉我，主要是做这一行很危险。

我当时不知道怎么想，听到他说这句话以后，就忽然问他："伐木的家伙整天都在打打杀杀，那你有没有……"我比了个手势。

年轻一点的伐木工果断摇头，但是老一点的伐木工则皱眉看着我，本能想摇头，却把头转向周兵的位置。周兵可能一直都在关注我，也听清楚了我的问话，就右手握拳，露出大拇指，朝着身后比画了一下，意思是自己人。

老一点的伐木工这才对我说："杀过。"

后面我还想问什么，周兵就叫来领队，说怕我闲得无聊，三人玩起了斗地主。

赌博的时间过得很快，没多久天就黑了，周兵叫了两个伐木工，举着灯棒给我们照明。我一直玩到10点多，身上被虫子咬的实在难受，就提议休息。

接近凌晨1点，周兵躺在帐篷里睡着了，我不想和人挤在一起，就回到车上。正准备休息，看到白天那个年轻的伐木工偷着过来，凑到我身边，和我说之前那个问题，其实他骗了我。

我很疑惑，搞不懂他说这话的意思，就问他什么问题。

他说，上个月他刚来的时候，他们和别人打过一架，他把刀砍在了一个缅邦人的身上。

"死了？"我问他。

伐木工摇头，说自己不知道。

我又问他："你为什么和我说这个？"

他说自己也不知道，就是想说出来，但是在这里没人想听他说话。

我拍了拍他的肩膀，说自己知道了，让他赶紧回去睡觉吧。

当夜的蚊子吵得我睡不着，虽然我很困。

离开金边坡前几周，我又见到陈总。吃完饭后他请我住酒店，但还是很抠门，舍不得多花一份钱，我们两人就只开了一个标间。

那天聊的内容很家常，陈总多是向我吹嘘他的儿女。他问我："读过大学？"

我说没读过。

陈总开始滔滔不绝地说他的孩子。他在中国有一儿一女，都二十多岁，去年女儿考过二本线，但是不满足，果断复读一年上了重点大学，儿子则是去英国读大学，今年还拿了全额奖学金。

"陈总，那你以后的生意谁继承啊？"我不想接他的话茬，这让我感觉自己很没用，只能随便找了个问题。

陈总说继承不了，现在的生意看重的已经不是他这个人,而是他所在的位置。他的孩子也没必要来到这么危险的地方,毕竟不是当年的时代。

临睡前,陈总让守在门口站岗的两个保镖,把一直提着的小箱子递给他。

陈总打开箱子,里面摆着七八件玉佩,全是佛祖的造型。他依次放在手里盘玩,我只认识其中一个,是送子观音。

我忍住想笑的冲动,中途想和陈总说话,陈总对我轻轻摇头。过了半个小时,他才心满意足地把箱子放在床头柜上。

"陈总,你这玉挺别致啊?"我虽然对玉石没有过深的研究,但也看出来玉佩颜色暗淡,在翡翠里属于最次的一档。

"瞧不上眼?"陈总笑着丢给我一支烟,叫保镖多拿了一个烟灰缸进来,让我不要把烟灰弹到床上。陈总说这些玉佩不值钱,但是跟了他几十年,是当年和他一起的学徒送给他的,有了感情。

"陈总,那人是女的吧?"我歪头想了下,问道。陈总哈哈大笑,一脸老房子着火的模样。

边境新娘

金边坡很大，单是缅邦，就有数百个小村庄隐藏在深林中。连绵的高山，埋藏着无数罪恶，边境新娘是其中之一。

缅邦人偏爱儿子，缅邦的农户常说，"生下来的儿子卖给贩毒组织，一年还能有几袋大米。"后面跟的常常是，"女孩没人要。"

这样的环境下，女孩子长到十三四岁，必然会面临两种境遇：一般会让她嫁人，换一笔钱给家里；家里疼爱一点的，就让去镇子找份工作，自己养活自己。

长大后自给自足，很多时候是一种奢侈。

金边坡有首童谣，第一句话翻译过来就是：这里的天，是拿枪的脸，听话的赏脸，不听话的就要翻脸。

2009年8月的一天，我走在大奇丽的老街，享受绵绵细雨，但老天爷很快不认人，雨倾盆落下。我赶紧找了最近的一家小卖店，在屋檐下躲雨。

老街是大奇丽最早的居民区。一下大雨，就有一群群小孩冲出家门，光着脚踩在泥水里，朝着河边奔去。

孩子们头上都带着鱼帽。鱼帽是当地的特色遮雨帽，椭圆形，用竹条编制，表面覆盖一层特制的干茅草。尾部细长，长度直达孩子腰部，雨水顺着帽尾滑落。家境富裕的家庭，会特意在上面涂上颜料。在这里，拥有一顶颜色鲜艳的鱼帽，意味着一段灿烂的童年。

我看着这些孩子嬉笑着向前跑，正犹豫要不要去买一顶，就看到小卖店的老板朝我走来。

店家是个中年妇女，踌躇着走出房门，问我是不是中国人。得到我的确认后，店家笑着说她也是。闲聊了一会儿，她给自己点上一支烟，边抽边看我："吸烟不？"

我以为店家要分烟给我，没想到她立马起身，从店内捧出一个木抽屉，上面是林林总总的烟盒。当地雨季延长，潮湿的厉害，所以店里都采用比较防潮的木头当香烟容器，下面还经常会铺上一层层的硬纸板来隔绝湿气。我看到木抽屉内的硬纸板，已经泛黄有霉点，上面似乎还有字。其中有一则招聘启事，分别写有缅语和中文。

我只认识中文：诚招三十五岁以下女性，包吃包住，日薪 100 元，工作轻松，当天现结。

"这什么工作？工资这么高。"我把纸板塞回去，随口问店家。

店家张大眼睛，冲我连连摇头，说这都是骗姑娘的，会把这些女的卖去给人当媳妇。

边境新娘，是人口交易产业。因为大批的农村光棍娶不到媳妇，所以一些人就把目光放到偏远的边境线上。最开始边境新娘是靠诱骗东南亚国家的年轻姑娘。这些国家女性的地位很低，丈夫家暴是常态，因此在中介机构的宣传中，外国人有钱疼老婆，非常吸引她们。但是一嫁出国，她们发现事实并非如此，纷纷逃回家乡。消息传开，骗不了，就只能靠抢。

招聘启事上写的找姑娘，就是抢。

"你给人介绍过姑娘不？"我问店家。

纸板的边角被我搞得有点褶皱，店家按了按，想把它抚平，但是始终有凸起。过了一会儿，店家终于放弃，"唉"了一声，说有帮忙介绍过一次。接着又叹了口气。

店家说，有一天，来了个光头女人，还领着四五个缅邦男人，挨家挨户走访，让这附近的商户都贴了广告。"那女光头看着比缅邦人还凶。"

光头女人见店家是中国人，就先聊了一阵，后来才说让店家帮忙留意有没有年轻姑娘，可以介绍给她。

"听着人还不错啊。"我从店家的描述中并没有感受到光头女人凶。

店家噘了下嘴巴，摇了摇头，说你不懂。

店家说那些缅邦人看着就坏得不行，一个个都文着身，盯着光头女人的时候，却连大气都不敢喘。又说自己看过很多香港电影，里面最坏的那些人都和光头女人一样，先好好和你商量，要是不同意，就把你杀掉。说着说着，她还以手作刀，比画了一下。"呲"了声，撇着嘴巴。

店家知道这伙不是好人，但以为最多就是让姑娘去卖淫。她在这边刚巧认识了一个老乡，之前就是做妓女，店家就给介绍过去了。没想到，被卖到山沟里去给人当媳妇。

"那女的叫什么你知道吗？"我见雨逐渐变小，准备起身离开的时候，出于好奇，问了店家最后一个问题。

店家点点头，说光头女人叫刘金翠。

隔了大概十来天，我又来到大奇丽。这次是过来收债。结束以后就想去打台球。于是来到一家叫"巷屋"的台球厅。

我很小就在家乡街边的台球厅混，技术还算过得去，没多一会儿就连续赢了一个缅邦人几十美金。陆陆续续又有几个缅邦人过来，但是水平都不行。输钱的家伙们没有马上离开，而是聚在一起，在离得不远的地方盯着我看。

巷屋的客人以缅邦人和欧美人居多，中国游客很少来这种危险场合，所以中国面孔在这边算是稀有。

察觉到周围的目光越来越不友好以后，我把衣服撩了撩，露出腰间的黑星手枪。这群人才散开。

我觉得无趣，刚想走，看到隔壁桌有个姑娘，穿着黑色的紧身背心，皮肤白皙，腿又直又细。右手手腕到手肘间有一条比较粗的黑色文身线。

她是光头，只有一层薄薄的头发茬附在头皮上，看起来很个性。最后我才看清楚她的脸，颧骨高，眼睛小，给人阴戾的感觉。

"可惜了。"我摇头叹气。

姑娘正靠着台球桌擦拭杆头，似乎在找对手。我赶紧凑过去，看到她压注的是 50 美金。

我心想，怪不得。在昏黄闪烁的灯光下，这姑娘应该是非常吸引人，却没有人过来。

姑娘是个高手，半小时没到，我就输了小 1000 块人民币。吓得我连忙把杆子放在一边，开始闲扯起来。

姑娘说自己叫刘金翠。

"啊，我听说过你。"我当时叫了一声，问她是做新娘生意的对不对？

刘金翠愣住，有点疑惑地自语道："我这么有名了噻？"然后很快变得警惕，脸沉下来，把球杆握在手里，杆头对着我，问我是什么人。

我笑了笑，叫她别担心，说自己是明哥的朋友。

"明哥？"刘金翠愣了下，用球杆的大头部分敲了敲自己的屁股，露出笑容，问道："打架请人喝酒的那个明哥？"

我跟着笑出声音，连连点头："就是那个明哥。"

明哥是本地大佬猜叔的契弟，缅邦最大的新娘生意卖家。

金边坡的灰色行业非常多，斗殴是经常性的行为。明哥在群殴时，常常会在口袋里揣一瓶自酿米酒，每当获得胜利，就朝着对方躺在血泊中的小弟说："这样，我请你喝酒，我们就是一醉泯恩仇，以后不要记恨我。"小弟如果一时没反应过来，明哥就说人家不给面子，上去再踹两脚。

因为我认识明哥，刘金翠态度明显好转，主动说她以前是明哥的人。

我问刘金翠跟着明哥做什么？

刘金翠把手里的台球杆放在台桌上，双手撑着台沿："我帮他看过场。"她说的"看场"，是看管姑娘的意思。

我又问她跟着明哥多久了，为什么不做了。刘金翠没有回答，反而有点感慨，说道："明哥，是个有梦想的人。"她一脸认真。

"啊？"我听了刘金翠的感慨，先是发愣，很快就仰躺在台球桌上，笑得无法控制。

明哥长得瘦小，有飞行梦。他曾经在身上绑了五只老鹰，从三米高坡上跳下来，想要试试能不能飞起来，结果摔断条腿，养伤两个多月。

在他养伤期间，我去看望过他。明哥为了表示谢意，拿出一本很大的相册集，里面放满了本地待嫁新娘的照片，说让我选个心仪的。后来见到姑娘，发现照片和真人完全是两个模样。

当晚，明哥留我在他家住，顺便陪他在床上喝酒。明哥让手下牵了个新娘过来。

"瘦一点的。"明哥这么吩咐。

没多久，手下就带来了一个非常弱小的姑娘，脸上满是惊恐。他问我要不要试试，我赶紧摇头。

"你觉得这么做不好？"明哥可能看出我的想法，就问我。

我正犹豫要不要点头的时候，就听到明哥用缅语对小姑娘说了些什么，小姑娘的神情忽然变得激动，直起上半身，不停朝着明哥说谢谢。

"这是她的幸运。"明哥说这个姑娘，这几天都不用出去接客。

"这些姑娘还要接客？"我以为明哥只是人贩子，没想到还兼职老鸨。

明哥瞪着我，很诧异地反问我："白养着？"

金边坡的新娘卖家，想要控制成本，通常会让手底下长期卖不出去和长得好看的姑娘开门接客。

住在明哥家的第二天，明哥边吃早饭边叫我打开电视。电视里是监控画面，摄像头拍的是房子的地下室，关押姑娘的场所，里面是二十多个姑娘轮流洗澡的镜头。

"乱讲。"刘金翠听到这里，果断打断了我的话。我有点不高兴，重复了两遍，说当时看到的就是很多姑娘一起洗澡的画面。

"那可能明哥那天心情好。"刘金翠见我肯定的模样，自己给了个解释。

明哥有个规矩，就是不让新娘洗澡。只有那些接完客，客人觉得表现不错的姑娘，才可以得到允许洗澡，他把这当作奖励。

刘金翠觉得，不能洗澡是对女人最大的惩罚。她在明哥手下的时候，经常会趁着明哥不在，让姑娘偷偷洗澡。还因为这事被打了好几回。

明哥确实不是正常人，我留宿的那天早上，明哥还看着监控，忽然提议玩个尖叫比赛。

我问明哥什么意思。

明哥看了我一眼，叫我把一条他养的岩蟒偷偷放进地下室，被圈养的岩蟒并不咬人，但他想看姑娘们惊慌失措的模样。

我觉得他有病，就说自己从小就怕蛇，干不了这个，让他找别人。

明哥没说话，乐呵呵地看着我，摸着一把枪。

我只能硬着头皮，从七八个装着蛇的大玻璃罐里，挑了一个看起来最小的。那条蟒不重，我双手就能拎着，但是它非常凉，在手上蠕动的感觉让我有点想吐。我赶紧跑起来，把地下室的门推开，一把扔了进去。里面的惊叫声瞬间刺破我的耳朵。

回到楼上，我看到明哥正盯着电视，仔细观察每一个姑娘受惊时的模样，手里还拿着一本本子，用笔来记录姑娘的叫声高低。写完以后，他还和我解释个人记录的局限性，只能保证一定程度上的公平，然后叫我在本子上签字，备注是公证人。

"这绝对是个神经病。"我心里这么想着，签了名。但也正因为明哥疯名在外，在缅邦，没人敢轻易招惹他。

扯了一些明哥的事，刘金翠确定我不是在撒谎，语气都变得亲切许多，说："你人还不错，很少有人能够忍受明哥。"然后，她盯着我看了好一阵子，让我称呼她翠妹儿，说朋友都这么叫她。

我问她，你当初是怎么来到金边坡的？还能跟着明哥做新娘生意。

她笑了笑，说："我是被卖到这里的啊。"

这次偶遇之后，我和翠妹儿熟悉起来，常约在一起打球。只是不再赌桌球，我赢不过她。

我大概每周都有一天，会在下午1点到台球厅，每次都能碰上翠妹儿。

巷屋里有许多用竹板隔开的小屋，门口挂着幕布，站着一排排的姑娘，花上几十美金，就可以体会缅邦女人的热情。老板很会做生意，除了姑娘，也找了几个帅哥，在场子里吸引有钱的女人。

翠妹儿球技高超，每次赢了钱，不是睡男人，就是请几个球友吃饭。聊得多了，我知道翠妹儿确实是被卖到金边坡的。

她出生在国内的一个区县,家庭条件不好,但一直很受宠。翠妹儿小学毕业以后就辍学在家务农,当时正好有一批大学生过来支教。翠妹儿闲得没事,就跟着孩子们一起上课。

"城里人就是长得好看。"翠妹儿爱美,大家都以为她是想读书,但其实她是过去看老师。

她被过来支教的一个大学生吸引,不顾父母的反对,跟随对方离开家乡。这是她第一次离家出走。两个人感情好了没多久,大学生染了毒,钱不够花,把翠妹儿卖给了一户农家当媳妇。

"你这么笨啊?这么大人还能被卖?"我嘲笑她。翠妹儿瞪了我一眼,说不是她笨,是那人骗她。

翠妹儿试过逃跑,但是村子在高山上,家家户户都是亲戚熟人,她根本没机会。唯一一次出逃,还没跑到镇上就给抓了回去。

"打一顿就老实了。"翠妹儿说自己被打得很惨,小腿有一块地方都骨折了。说着,她用手握成拳头,锤一下小腿,发出"嘶"的吸气声。"你看,现在还会痛。"后来,翠妹儿再也没想过离开。

大约过了两年,因为翠妹儿一直没有生育,就被那家人嫌弃,转手又卖给了缅邦一家黑户的儿子。

"就卖了800块啊。"翠妹儿冲我比了个八的手势,咬着牙齿,语气异常愤怒。

"你干吗这么生气?"我觉得翠妹儿愤怒的点很另类。

翠妹儿沉默了一会儿，说当初她就是这个价格被卖过去的。"这么多年，竟然没涨价噻。"她忽然乐了一下，很快又变得沉默。

黑户是早年来到缅邦的中国人，一家三口，父亲和两个儿子。翠妹儿被卖给大儿子。黑户在金边坡很难娶到媳妇，这家的父亲托人托了好多年，终于买回了翠妹儿。翠妹儿在那里待了三年，生了两个孩子，一男一女。

"生孩子痛不？"我问她。

翠妹儿愣了一下，先是问我为什么问这个，后来自己想了一会儿，告诉我不是很痛吧。语气不太确定。很快，她就肯定地说，不痛。

被打骂，被卖，被欺骗，已经是她的循环。

翠妹儿说，两个孩子其实不是同一个父亲："你会看不起我吗？"

我点着头，却说不会。翠妹儿骂了一声。

又待了两年，翠妹儿终于从那户人家逃了出来。选择出逃的理由有点奇怪：因为衣服。

"过年都不给买新衣服。"在黑户家里生活的日子里，她永远是在穿旧衣服。翠妹儿特别想尝尝穿新衣裳的滋味。

我回想了下，从认识她到现在，我从没见过她素面朝天，衣服也每天都要换新的穿。为此她总托合伙人从国内带衣服来。

我和她认识大概一个多月后，有一回，翠妹儿忽然叫住我，说让我帮一个忙，她晚上要和人谈判，叫我撑个人场。

金边坡的许多小众行业，延续着早年的社会作风，喜欢在发生利益纠葛的时候，双方约谈。而翠妹儿当时手下的人数不够，就从其他朋友那借了点人过来，顺便让我去凑个数。

和翠妹儿谈判的是一伙缅邦人，不是什么专业团伙，只是附近几个村子的年轻人，看着这行赚钱，想要横插一脚。这种人在金边坡不少，大多是眼红别人的生意，一般构不成威胁，但因为他们是本地人，又具备地方民族武装的背景，所以有些麻烦。

那天，翠妹儿穿了一身的紧身皮衣，在靴子上套了个刀套，放了两把军刺，手里端了一把砍刀。看起来和平常很不一样。

她带着人来到约谈的地点，是郊区的一个破工厂。

我们到达约定地点后，看到那伙缅邦人已经在候着了。人不多，大概十来个，看着年纪都不大，领头的家伙脸上都没长胡须，但也有些气势。

翠妹儿没有废话，直接就让当地翻译报了几个地名，说除了这些地方的姑娘，其他的地方随便他们搞。

但是翠妹儿说的范围，正好是金边坡新娘生意的主要"生源地"，除了这里，要么是高山深林，很难找得到人，要么就是大势力的聚集地，小团伙根本就不敢靠近。其实就是没得谈。

对方和翠妹儿争论半天，但是翠妹儿始终没让步。说得急了，翠妹儿直接用力挥下手里的砍刀，桌角掉了一半。

我见过不少平时蛮横强硬，遇上事儿就往后闪的。没想到翠妹儿正相反，很有些大姐大的样子，丝毫不输气势。

对面的那些家伙，直接走上前几步，钢管"哗哗"地在地面划过，看样子是要直接开打。

就在此时，几辆皇冠进入工厂。从上面下来好些人，领头的吴鹰是当地混的比较开的一个大佬，缅邦长大的华人，专做玉石生意。

大佬走到翠妹儿面前，搂了一把，然后充当说客，让对面那伙人不要插手她的生意。"叽里咕噜"说了一大堆。很快，那伙人就同意卖吴鹰一个面子，骂骂咧咧地走开了。

等吴鹰走了，我对翠妹儿调侃道："你叫我来看戏，结果什么都没看到。"

翠妹儿笑出声音，说就是做做场面，欺负那伙缅邦人没见过世面。

虽然找大人物调和是常见手段，但那天，我觉得翠妹儿表现确实不错。难怪会从明哥那儿被挖角。

只是，明哥怎么会放她走呢？

从黑户家逃出来后，翠妹儿身无分文地来到大奇丽。因为和社会脱轨好多年，她没办法在社会上生存，更没机会回到中国，为了不饿死，只能去当了妓女。

翠妹儿说，那是她时隔多年，唯一的反抗，和给自己做的决定。

因为长相不出众，翠妹儿能接的客人都是低劣货色。她觉得委屈，终于想出个办法，就是把头发剃掉，有了自己的特色。

头发剪掉后，翠妹儿的生意马上好转，很多欧美人觉得她很有个性，愿意花大价钱捧场。翠妹儿觉得是光头带给她好运。

当了没两个月的妓女，翠妹儿勾搭上明哥的一个手下，争取到一个"门卫"的差事，负责看姑娘，不用再卖身。但明哥的手下对她并不好，动辄打骂、虐待，日子过得和被卖时似乎没什么两样。

做了一年多，翠妹儿渐渐有了点积蓄。因为工作能力不错，会管姑娘，肯负责，有人找到她，愿意和她合伙。

"明哥放你走了？"我问翠妹儿，印象中明哥这人挺狠，不是那么容易妥协的家伙。翠妹儿说，明哥开始不同意，但是和她一起的人放弃了一些利益，明哥就点头了。

缅邦的边境新娘生意，没什么规矩，买卖女孩只是生意。唯一的规则，大概就是不能折磨缅邦女孩，在当地人看来，这是对整个国家的侮辱。之前发生过一起事件，有一个做新娘生意的人，因为性虐女孩，消息被他的一个缅邦手下说了出去。当地的民族武装知道以后,非常气愤,将这个人抓了起来,在村里公开举行了绞刑。

翠妹儿说,她当时并不想做新娘生意,觉得还不如继续做妓女,起码安心些。在犹豫不决的时候,翠妹儿回了一次家。但是没多久,她又回来了。这之后,翠妹儿就加入到现在的这个团伙中来。

我问过翠妹儿回家后的情况,但她只是沉默,没有给我答案。这次再加入,不是想退就能退了。

我遇上她时,翠妹儿仍然没自由、没选择,但已经是她成年后,过得最好的时候了。这时的翠妹儿喜欢漂亮的男孩,经常在酒吧夜总会出入。让人一度怀疑她有性瘾。

虽然脸不讨喜,但身材好,舞技妖娆,经常会有男人上前勾搭,翠妹儿来者不拒,但也是出了名的提裤不认人。坊间流传,甚至有几个外国人觉得受到人格侮辱,告到了警察局,翠妹儿给了一些钱,才平息下来。

"你这做事不地道啊。"我知道翠妹儿的这个特殊癖好以后,嘲讽过她几句,还说女人不都喜欢事后让男人搂一会儿吗?

翠妹儿认真地想了会,笑了起来:"那太温柔了噻。"隔了好一会儿,她又重复说道:"那太温柔了。"

隔了个把星期,翠妹儿邀我去山里玩。说是玩,其实她是去买姑娘。

我坐在车里,看到翠妹儿进到一户农户家里,没多久就拉着一个女孩出来，后面跟着一个男人，应该是女孩的父亲。

女孩在门口哭得很惨，拽着父亲的手，不想离开，但是很快被翠妹儿一把扯开，半拖半拉着走过来。女孩不想上车，被翠妹儿打了几巴掌，老实了。

回去的路上，女孩蜷着身子，缩在角落里，不停地抽泣。每当她抽泣声大一些，翠妹儿就会让我从车子上的收纳盒里拿出大头针，朝女孩的身上扎一下。

因为我坐在副驾驶，离姑娘比较远，往后靠的时候其实碰不到她的身子。我就对女孩眨一下眼睛，嘴上做出"嘘"的动作，把针戳到皮质座位里。女孩聪明，懂得配合，把声音偷偷降低。

"你多少钱买的？"我盯着女孩看了会儿，问翠妹儿。

翠妹儿说没花钱，她之前带了几个姑娘，给这女孩的父亲解闷，就算是报酬了。

我"噢"了一声。

"你说说自己的父母噻。"翠妹儿找到想要听的歌曲以后，忽然问我。她说我从来都没有提过自己的家人。

我把视线转移到窗外。

翠妹儿转头看了我几眼，先跟着哼了几句歌词，然后和我说，她有一个弟弟，一个妹妹。一家人生活得蛮好，只是有点穷。

"我们三人都只读完小学。"翠妹儿盯着前挡风玻璃，有点低沉。马上，她又乐起来，说在那个年代，这已经是父母能做的所有事情。接着，她自顾自地说了一些那时候生活的困难和烦恼。

"你爸带你去偷过东西没得？"翠妹儿见我一直看着窗外，都没有回应她，就用手拍了下我的大腿，冲我问道。

"没有。"我摇了摇头。

翠妹儿来了精神，她把车子的油门松缓，说自己小时候，有一次父亲带着她去隔壁村子的玉米田里偷玉米吃。

"那杆杆有这么长，甜得很。"说着说着，她就把一只手从方向盘上拿开，不断和我比画。

说完，她忽然变得沉默许多，给了一脚地板油，我朝后面倒了倒。我骂了她几句，叫她开车别一惊一乍的，我会吐。

翠妹儿一路上都没再怎么说话。

到住的地方后，翠妹儿就把小女孩拽下来，指着前面的民居，让她赶紧滚到里面去。小女孩看着我，没有动，被翠妹儿踹了一脚，才跌跌撞撞地朝前跑去。

翠妹儿看着小女孩哆嗦着前行的背影，和我说："我爸爸和她爸，不一样。"

认识两个月以后，我去了一趟她安排姑娘的住所，是个民居。民居坐落在河边，由三个竹屋集合而成，里面很大，有十来个小房间，两三个姑娘共用一间。翠妹儿自己单独睡一间。

从民居出来，来到河边。河面有一些藻类漂浮着，我坐在石头上，点了支烟，翠妹儿也过来蹭了一支。

一阵吞云吐雾以后。翠妹儿看着河面，和我说，现在姑娘越来越少，无本生意越来越难做。翠妹儿这种中间档次卖家，在人源上拼不过大卖家，只能从偏门入手。

她专门培养一些好看的姑娘，在买主家待一段时间，找准时机逃回来，给姑娘一笔钱，休息一段时间，再卖一次。重复利用。

但是现在，男人在经历过新娘逃婚的经验教训后，对买进家门的媳妇看管非常严，不允许携带手机，甚至不允许出门买菜购物。单纯靠个人能力出逃，就变得十分困难。

翠妹儿就会在送出去以前，对新娘们突击训练一段时间，主要内容是嫁过去以后如何快速获得丈夫的信任。

包括一开始就要表现出对当前生活和婚姻很满意的状态。除了每天早上主动起来做饭，还要积极做家务活，平常绝对不能说自己想家，学习一些当地语言，类似喜欢你、你很好、我很开心，习惯性地放在嘴边。

她特别要求，新娘记清楚约定好的日期和地点。通常是几个月后的固定时间和地点，只要新娘能够逃到这里，就有人安排接送。

每个做大的蛇头都有一张"人口地图"。专门负责记录从自己手上出去的新娘姓名、年龄、地点、时间之类的信息。

为了更好地控制姑娘，翠妹儿建立了一系列对姑娘的培训流程，包括先关几天不给吃喝，以及走之前的再三威胁。

翠妹儿说，在这行混饭吃，比以前难多了。

在河边聊天的时候，我见到有几个开着摩托的缅邦男人，走进房子，没多久就搂着之前还在上课的新娘出来，到二楼的小房间里去。

顺着我的目光，翠妹儿说让姑娘接客，一方面是避免资源浪费，另一方面如果恰好怀孕头个月就卖出去，也能更方便快速地回来。

可能是看出我的疑问，翠妹儿主动解释：男人只要看到媳妇给他生下小孩，那么注意力就会放在孩子身上，对媳妇的警惕会小很多。

"要是在这边就大了肚子呢？"我问翠妹儿，毕竟怀孕这事很难控制。

翠妹儿伸出右手，拍了拍自己的腹部，笑道："打噻。"

翠妹儿说完这些话，手臂就交叠在膝盖上，下巴抵着，看着河面出神。我等了她五六分钟，就有点奇怪，问她为什么忽然说这些。

她说最近才知道，自己的孩子，死了。

我问翠妹儿，怎么死的？

"莫得办法。"翠妹儿直起身子，摊了下手，说生病，没钱。

"你不是赚得挺多的，怎么不去帮帮忙啊？"我觉得翠妹儿不像是一个母亲。

她没有回答我的指责,而是仰着脑袋说:"我回过一次家。" 说完,她深深吸口气,站起来,朝着房子走去,没有转头,声音在风中飘散:"死了也好。"

2010年元旦前夕,翠妹儿约我出来玩,我没有理她。隔天早上,翠妹儿开车来到我住的地方,硬拉着我陪她出去。

逛完街之后,我们找了当地的一家奶茶店休息。

"你这要给我钱啊。"我冲着翠妹儿抱怨,说自己很久都没有陪人逛街了。翠妹儿哈哈乐出声来,作势就要掏钱,但是见我一直盯着她,就把钱包往口袋里重新塞了塞,说我不像个男的。

我懒得理她,只是一个劲地喝面前的奶茶。

翠妹儿见我终于把吸管吐出来,轻轻说了声谢谢。她说自己很多年没有过过新年了。

我很奇怪,笑她竟然是个礼貌人。

两人都在沉默的时候,忽然一阵声音从后方传来,有个男人很大声地在叫:"刘金翠。"

翠妹儿第一时间就转过头去。

那是一个长得黝黑的男人,不高但是壮硕,留着平头,表情凝重。见到翠妹儿回答以后,就快步走过来,站在翠妹儿面前,问道:"你叫刘金翠?"

翠妹儿愣住了,下意识地答应。脸上还留着笑容。

那男人得到翠妹儿的确认以后,发了一阵呆,然后马上就把她扑倒在地上。一只胳膊按住翠妹儿的脖子，一只手伸进口袋，掏出一把小刀。

还没等我反应过来，男人就用刀子在翠妹儿的脸上狠狠划下去。

我第一时间想要上前把男人踹开，但是不知道为什么，看到他脸上狰狞的表情，就收住脚步，在旁边呆住了。

男人从开始动手就没有再说过一句话，反而是周围人的惊呼声在我耳边显得嘈杂。

翠妹儿仰躺在地上，应该是被疼痛刺激了神经，双手和双腿不停地向男人踢打，可是力量上太过悬殊，没有一丝效果。男人还是不停地在她脸上划。

就在我被翠妹儿的哀号声震醒，想要帮忙的时候，男人立刻就松开翠妹儿，把小刀往地上一丢，站起来，头也不回地逃离了。鲜血流了一地。

这时候，翠妹儿的脸上只有红色。

我让附近看热闹的缅邦人帮忙去医院叫人。开始没人愿意，我就把口袋里的钱拿出来，说谁帮忙就给谁钱。很快就有人朝着医院的方向跑去。

在等待医生到来之前，我凑过去，看到翠妹儿的脸已经模糊不清，就连那一双细小的眼睛，也被血液浸湿，一片红色。她四肢不自觉地抽动，应该是陷入了昏迷。

事后，我才知道这是寻仇。那男人通过翠妹儿买了新娘，但是新娘趁着男人不在家的时候逃了，在阻拦的过程中,不小心戳瞎了男人的母亲,还拐走了小孩,这才惹得人家上门。

大半个月过去,我才去医院探望翠妹儿。她的脸被一圈圈的绷带缠着,只露出一双眼睛和一张嘴。因为感染,所以一直打着吊针。

我坐在床边,想要说些安慰的话,但说不出口。

"当初如果第一时间冲上去帮忙,是不是就会不一样呢?"我在心里问自己这个问题。没有答案。

反而是翠妹儿把我的手拉过去,使劲抬高,让手掌遮住了自己的眼睛,嘴巴一张一张,很艰难地从里面吐出一个"滚"字。

我忽然有点难受。

我以前不能理解金边坡的人对于佛的虔诚,但是在这一瞬间,我竟然开始相信宿命这两个字。

此后,我就再也没有见过翠妹儿,不知道绷带下的她,已经变成什么模样,但我猜应该就像一件褶皱的白衬衫。

到今天,有关翠妹儿的记忆略微模糊,偶尔还能想起来的,其实是一件小事。

那是刚认识不久,我们在摊子上吃晚饭,我叫摊主泡了杯野蜂蜜水。翠妹儿让我给她喝一口。

"好甜啊。"翠妹儿抿了一嘴,先是皱了眉毛,很快又舒展开,说她父母以前是蜂农,每逢开学,就会把蜂蜜装在一个大大的蓝色塑料桶里,拿去卖了换她的学费,剩下的蜂巢还残留着一些汁液,会给她当零嘴。

"蜂巢得使劲嚼才有甜味。"翠妹儿把杯子还给我,双手在空中画了个圆,比画蜂巢的大小。

"啊?"我有些发愣。

翠妹儿看着我,笑着说道:"一晃都二十年了。"

无名老人

2018年9月，我第三次前往西藏。

我独自行驶在可可西里，看到有人用高压锅煮饭。因为一路上吃腻了泡面，发现有白米饭，我就把车子停下，想过去蹭一蹭。

生火的是个老人，一人一椅，坐在帐篷外。饭熟得慢，我和老人一边聊天一边看着天空发生变化，赤红色的彩霞落在地平线，像无数罂粟花盛开在辽阔的荒野。老人双手合十，闭上眼睛，嘴里念叨许久。见我一直在盯着他，就说自己信佛。

在盛饭的时候，他叮嘱我，高原的米饭夹生，要多嚼一嚼。这让我想起在金边坡遇到的一个缅邦老人。

2009年3月，我来到金边坡。一个星期后，开始融入这里。

我住的地方叫达邦，有一条河流穿过这里，当地人习惯叫追夫河，沿河有许多户人家。在金边坡的山区，没有土地归属权的说法，只要有空地，砍些竹子木头，就能造一间属于自己的竹屋。狗在路边撒一泡尿，就是领地。

我的竹屋位于河流上游，左侧是森林入口，右侧才有零星的几户人家。

我刚来金边坡的时候，话多好奇，确定猜叔和工作没危险之后，就想要尽可能多地了解这里，老是想找人聊天。但是我不懂缅语，交流只能靠手，偶尔听懂一个词语，还得翻字典。加上和缅邦人交流，他们总会伸手问你要吃的喝的，久了也就没了激情。

在达邦的中国人很少，会讲中文的缅邦人除了猜叔，我只认识一人，那就是我的邻居，一个缅邦老人。

老人的住处离我不远，隔三间屋子的距离。他来自缅邦最大的城市，十来年前过来这边，而后再也没离开。

在缅邦，老人原先生活的城市，和金边坡所在的地区完全是两个世界。贫穷、战乱、贩毒、死亡，是这片土地最真实的模样。

我认识一些烟农，有人会在罂粟果割浆[①]的日子，划破双手手掌，跪地磕头。我原以为他们这么做，是知道毒品给世界带来的危害，想要弥补内心的愧疚，但其实只是祈祷有个好收成罢了。

---

① 割浆：收获。

老人的母亲是中国人，父亲是缅邦人，除了会讲中文，混血并没有让他在与普通的缅邦老人有所区别。高颧骨、尖下巴、眼睛不浑浊却有点呆滞，皮肤很黑，脸上有一些棕色的斑点，头发灰白，骨架偏大，双臂肌肉渐渐萎缩，让手腕的骨头变得格外凸起。

他看上去得有七八十岁了，实际只有五十岁出头。这样过早地衰老，在他们这代缅邦人里并不出奇。

老人当过兵，一生经历过三次大动乱：60年代缅邦发生政变，由多党民主议会制国家转变成社会主义国家；80年代末，军队接管政权；90年代军阀倒台，缅邦地区贩毒组织、地方民族武装、政府军三方混战。

许多人死在那几十年里。小孩显小，老人显老，是战乱留给缅邦人的两个特征。

老人经常会讲起那段历史，语气平静，用"人和兔子没有什么不同"来形容。他的中文不是标准普通话，口音偏西南地区，也许是年纪大，加上少了一颗门牙，听他说话总有一种屋里漏风的错觉。

我问他，打仗是什么样的啊？

老人对我说，不要去想。

我第一次见到老人，是来到达邦的第五天。

当时正巧是中午，我被猜叔允许出门，熟悉一下附近的环境。我闲逛了一大圈，马上要回到竹屋的时候，经过了老人家门口。

他下半身围着笼基,上半身套一件灰蓝短袖,正靠在一张低矮的竹椅靠背上,端着一碗白米饭,用筷子一点点送进嘴里,没有菜,干吃。

老人的竹屋很破,看上去时间也久,竹子表面已经开口,屋顶不是当地的富裕家庭惯用的砖瓦片糊成的,只用一些茅草和竹片。旱季还好,一到雨季,会有雨水渗入到里面,弄得整个房间闷湿潮黏。

那时我刚刚来到金边坡,觉得贫穷也是种新奇的体验,不自觉就把脚步停下来,站在远处看着老人。

就在我打算离开的时候,老人把右手的筷子放到左手大拇指下,顶着碗握住。空出来的手伸到空中,朝我挥了挥,做了一个"过来"的手势。

我先是左右看了眼,确认是在叫我以后才走过去。

"中国人?"老人问我。听到一个缅邦老人用中文问我问题,我一下愣住,回过神来以后连忙点头,问老人是怎么知道的。

我以为老人会说外貌、气质之类的理由,没想到他盯着我,把左眼慢慢闭上,又慢慢睁开,说:"眼睛。"

还没等我说什么,他就把碗筷放到地上,双手撑着椅子的扶手站起来。看老人腿都在哆嗦,我下意识想过去扶着,但是刚碰到手臂,他就摇头拒绝了我。

老人进入房间,拿了一个碗,坐回到椅子上,把筷子捡起来,将自己碗里的饭分了一半过去,递给我。说让我吃饭。

我端着碗,问老人有没有筷子?

老人比画着手里的筷子,说自己只有这一双。

我不想回去拿筷子,加上当地人用的竹筷都长,我就把老人的筷子抢过来,用膝盖一顶,一掰为二。

老人接过短了一半的筷子,盯着我看了一会儿。

他的竹椅下面,有一个中空竹节做的筐,只见他从竹筐里拿出一把两个手掌长的短猎枪,放在大腿上不停地用手摩擦。我被吓了一跳,心想一双筷子至于吗。我赶紧跑回去,从冰箱里拿了一个鱼罐头过来,才让老人把枪放了回去。

吃饭的时候,老人问我现在中国怎么样了,还像十来年前一样好吗?

我被老人之前的威胁弄得烦躁,加上来到金边坡也不是自愿,就随口应和:中国人现在活得很辛苦,我才会过来这边赚钱。

上了年纪的人,因为牙口不好,都喜欢吃嫩糯的米,但是老人的米饭比较硬,还夹杂着许多小沙子。老人吃得慢,每一口都要花上些力气。

听到我这句话,他把刚放进嘴里的米饭吐回到碗里,问我,是不是在打仗?

我摇摇头,说没有。

老人说,那不算辛苦。把米饭又夹回嘴里。

我有点恶心,赶紧吃自己的半碗饭,夹着小沙子的米饭口感并不好。

"你吃得太快了。"老人说,米饭慢慢嚼,就会有甜味。

我不想搭理他,把碗筷放在地上,准备离开。老人见状,就把竹筐里的短猎枪又拿了出来,放在大腿上摩擦,边看我边把鱼罐头放到竹筐里面。

"亏了。"走的时候,我心里暗骂自己。

后面,每次饭点经过,老人都会挥手比画"来"的手势。等我走近点,比一个吃饭手势,最后再做"去"的手势,让我回家拿罐头。

我有时理他,有时不理他。但时间长了,人还是会慢慢熟悉。

我来金边坡两个月,这里就进入了雨季。

连日的降雨让我心情变得不好。一天,我没有等老人招手,就自己拿着食物过去找他吃饭。

老人喜欢坐在屋子门口看雨,一坐就是一天,只有吃饭的时候,显得多了些活力。

他对我说:"你来的时间刚好。"我问他为什么。

他说这里只有旱季和雨季,而我已经完整地体会过缅邦,可以回去了。

我说自己回不去了。

他又问我,想不想家?

我说有点想。老人用筷子敲了一下我的手。

老人的家在农村,父母在他十来岁的时候死了。

缅邦男人娶媳妇早,好一点的家庭,在十五六岁就会安排成亲，老人家里穷，他没办法，就参军混饭吃。

在政府军混了好些年，终于当上队长。存了些积蓄后，他准备结婚。老人相貌端正，工作也好，娶的妻子是最正统的缅邦族，不算美丽，但为人贤惠。

缅邦传统婚礼讲究穿金戴玉，而穷人却很少摆酒。老人说他这辈子最风光的事情，就是请全村人吃的那一场喜酒。

那是村里最大的一场婚礼。"每一个人都说嫁得好。"老人说起这件事的时候，难得地笑了。

结婚后的老人很幸运，妻子第二年就怀孕，生下来一个男孩，过了三年，又生下一个男孩。

这样的生活，是很多缅邦人梦里才有的景象。老人先说了这句话，然后他又紧跟着提了一句："都是假的。"

90年代，迫于国际舆论压力，金边坡开始大规模销毁罂粟田，转为种植经济作物。但是仍然有大批的烟农不服从命令，老人所在的政府军就得出面协调。

经济作物种植推广到了老人所在的村子，上级问他，村里有哪些大的罂粟种植户？

老人有认识的朋友当烟农，种植规模较大，老人把这朋友的位置告诉了上级军官。

"我是想帮他。"老人的初衷是让朋友主动销毁，还和上级请求，改为种植经济作物以后，朋友原来的田地面积不要缩小，不要征走他的土地。

一天晚上，上级带着五六个士兵，让老人带路。双方在烟农家门前交涉。烟农一家五口人，爷爷奶奶、爸爸妈妈和一个三四岁大的小男孩。

金边坡的民风彪悍，大家都不怕政府军。本身是做大的烟农，加上和一支地方民族武装有关系，就没有理会老人一行人。说着说着，奶奶的情绪变得激动，不停地用话语来攻击他们。

老人的上级劝阻了一会儿，见没有效果，开枪把奶奶打死了。

这彻底惹怒了烟农一家，爷爷和爸爸大叫着转身朝着房内跑去，姿势一看就不是逃跑，而是想要拿武器。

老人看到奶奶死的时候，知道事情走向不对，想要拉住两人，很快被挣脱。可惜，两人的脚步还没有迈进家门，就被当场射杀。

在场的所有人都开了枪，只有老人没有动。

灭口一旦开始，就很难结束。

妈妈痛哭着在地上求饶，还是被杀死。只剩下一个吓呆了的小男孩。

上级说，既然人是老人介绍的，最后一枪还是让他来开。老人知道这是上级害怕被揭发，在拉他下水。

"他没有受苦。"老人说自己把枪口塞进小男孩的嘴里，在他的观念里，吞枪是最快的死亡方式，人是感觉不到痛的。但是因为小男孩年幼，嘴巴太小，老人就用手掰开，男孩的上下颚都脱臼了。

"为什么要杀人？"我问老人。老人说，杀人是最简单的办法。

那段岁月，大批的烟农被赶下山，被迫前往城镇生活。一些不愿离开家乡的烟农，就躲藏起来，因为缺少收入，只能互相争抢食物，饥荒里也死了很多人。

"你知道罂粟为什么可怕吗？"老人说现在种的这些咖啡、水稻，当初全是望不到边的罂粟花。漫山都是鲜红色。

我说自己知道，罂粟可以制毒，利润高。

老人说不是这样的，对大部分的烟农来说，其实种什么对他们来说都一样，因为都是拿不到钱的。但是在金边坡，罂粟只要播种，过段时间割浆就行，不需要松土除草之类的工作，甚至在根茎枯烂之后，自然就会成为肥料。

"太简单了。"老人不知道罂粟为什么选中缅邦。

在政府军禁毒工作的大力推行中，老人不可避免地杀了一些烟农，被贩毒组织报复。

一天晚上，他的妻子被人奸杀在家中。两个儿子正巧在外面玩，躲过一劫。

过了12点，他才回到家里，刚打开房门，就看到小儿子趴在赤身裸体的妻子身上睡着了，大儿子目光呆滞地看着自己，已经发不出声音。

地上只有一摊干枯的血迹。

老人说，报复他的人，自己也认识，却没有说是谁。

"我想要离开军队。"老人说退伍非常困难，他只能趁着一次外出执行任务，把自己的右腿打瘸。

即使腿瘸了，只要人能开枪，军队仍不会放，"给了一笔钱"之后，才得以离开。

听老人讲述这段往事的时候，我想要从他的脸上看出什么，但是没有，甚至连情绪波动都没有。仿佛是在讲述别人的故事。

我没忍住，问他为什么不生气，为什么会这么平静？

老人说："愤怒是需要力气的，而我已经老了。"

离开政府军的老人，带着两个孩子，就在达邦住下，种了些田，想要安稳。

安稳是最难实现的。

老人脱离政府军，没了经济来源，单靠农作物只能保证自给自足，吃顿肉都是奢侈。他选择加入当地的民族武装。

我问他既然出来了，为什么又回去。

他说，为了孩子。

我生活的周围缅邦老年人不算多，因为长达半个多世纪的动荡，导致自然死亡在这里成为一种奢侈。

除了这位老人，我还认识一个老奶奶，她的丈夫和孩子死在了战乱里，因此一个人生活着，住的离我更近些。

老奶奶有一头乌黑的长发，齐腰。每天早晨5点，天刚亮的时候，她就会在河边洗头。我经常熬夜，喜欢趴在窗户上看她，直到从视线中消失，我才会睡觉。

老人不生火，他把家里的米拿给老奶奶，让她帮忙煮好送过来，老奶奶就克扣一些，算作报酬。

老奶奶过得比老人难些，吃的菜都是自己去山里挖的野草野根，原先养了些鸡鸭，被附近的小孩偷走后，便不再养了。

老人说，曾经也有小孩想要闯进他家拿东西，但是被他赶跑了。

我笑他说，这么大年纪还能打架啊？

老人把竹筐里的短猎枪拿出来，放在大腿上摸了摸。

在缅邦长头发可以卖很多钱，老奶奶却从来没有过这方面的打算。我问老人，这是为什么？

老人说，剪了头发，就活不下去了。

我当时不理解，反而调笑老人，那老奶奶一看就对他有意思，为什么不和她搭伙过生活？

老人没有回答，只是又把枪摸了摸。

老人的手很巧，据他自己说，这屋子包括家具，都是他一个人造出来的。

有一次，我冰箱里有快过期的面包，想着吃不完，就给了老人。

他接过面包，说自己有东西要给我。

老人会用竹片雕刻佛牌。他递给我一块，说这是缅邦的苦行高僧开过光的宝物，只卖我五美金，非常划算。

我问他，不是给吗，怎么还要钱？老人没说话。

我拿着佛牌，手感粗糙，又问老人，这连漆都没上，哪个高僧会给你开光？

老人说，佛讲究的就是自然。

我见他房子里到处都是佛像佛牌，就信了他，花钱买了一块。后来才发现他经常拿这种佛牌哄骗当地小孩，换一些在河里抓到的鱼。

而且，我还知道，缅邦并没有他说的这间寺庙。我很生气，说他这是对佛撒谎。

老人说根本没有这个佛，因此不算撒谎。

在老人的对门，也有一个老头。那是纯正的当地人，世代都生活在这里。妻子很早就过世，三个孩子都加入民族武装，死于战乱。

老头和老人一样，每天就只是坐在屋子前面，看着雨不停地从天上落下，一看就是一整天。但其实两人都有些白内障，视力不太好，只能看到模糊一片。

有一次，我端着菜从他面前走过，老头起身拦住，什么话也没说，就学着老人的样子，想从我手里拿走东西。我很生气，却无可奈何。

有时，我们三人吃饭会聚到一起，交换着食物。

一次，我认识的一个叫作阿珠的姑娘"进山"，这对那姑娘来说是个有去无回的路。我有些难过，就坐在老人旁边看雨。

雨刚刚小了些，就见到老人拿出短猎枪，朝着天空开枪。这把我吓一跳，问老人这是在干吗？

老人说，打鸟。

我笑老人，眼睛都不看着，这也能打中？

老人说，万一呢？打不中，就当放烟火了。

我觉得他说的有道理,也跟着开了几枪。还想继续玩的时候,老人说自己已经没有子弹了,让我给他一些。

猜叔放了一箱子弹在房间,我开始喜欢开枪打可乐瓶玩,但是很快就玩腻,剩下来许多,给了老人一些。

我知道他在骗我,子弹口径不一样,他的猎枪根本上不了我的子弹,但我没有拆穿他。后来我才知道,老人用我给的子弹换了好几袋大米,够他吃很久。

当天下午,我难得没事做,和他聊了很久。说着说着,我忽然问他,你不是说自己有孩子么,现在人去哪了?

老人缓缓地说:"我有两个孩子,你问哪一个?"我没来得及说什么,他接着说:"都死了。"

老人的大儿子是十九岁死的。

因为老人退出了政府军,家里情况不好,大儿子很懂事,就去山里打猎。有天打猎的时候,碰到两伙人正在交涉,可能是贩毒组织在谈判。

老人说,大儿子应该是见到人,下意识地端起了枪,把枪口对准了这群人,被两边都误以为是对方的人,一齐开火把他射杀了。

老人找到大儿子的时候,看到他身上满是弹孔,脑袋上却没有伤。

"他会很痛。"这是老人唯一感到难受的事情。

他觉得如果脑袋中弹,死得会快许多,但是身上中枪,就要一点点流光血液。

因为这件事,老人再次脱离民族地方武装,发誓不再当军人,一心保护小儿子长大。

但正因如此,家里再次出现经济危机。小儿子年纪小,喜欢玩闹,有次想要一把小刀,但是老人没有钱买,就生气地摔门出去。

小儿子生闷气的时候,和许多河边长大的孩子一样,会去水里游泳。附近的孩子水性都很好,很少有淹死的,但那天,小儿子游得更远,或许是抽筋,或许是被渔网缠住,溺了水。

第二天,村里有人过来找老人,说河面上有具尸体,被水泡肿了,看着有点像他的小儿子,让老人去认一认。

老人不太相信,他来到河边,第一眼看到的不是尸体,而是岸边放着的一堆折叠整齐的衣服。

他知道,死的是自己的小儿子。

缅邦的孩子没什么文化,但是老人的小儿子爱干净,每次下河游泳之前,会把衣服叠放得很整齐,永远是衣服裤子叠好,上面用拖鞋压住。只有他会这样做。

老人没有见自己孩子最后一面,请村里的其他人帮忙葬了。老人说他并不怨恨,只是有点想不明白,在孩子死的那一天晚上,他睡得比以前都要好。妻子和大儿子死的时候,他也没有得到任何感应。

老人问我,不是佛都说,冥冥中自有天意,他为什么感觉不到?佛塔是验证信仰虔诚与否的关键,老人家里有佛塔。但这是他对佛的唯一一点疑问。

我无法回答。

老人说,小儿子死后,他七天七夜没有睡着,然后问我有没有试过。我点点头,说自己曾经有一次,四天都没有入睡。

老人沉默了一会儿,随后让我去屋子里拿一把剪刀,帮他理发。

老人的头发有点长,因为长时间没洗头,很多纠缠在一起。我原本想用手抓住剪,但是味道实在有点冲,就不敢触碰到头发,单手拿剪刀随意划了几下,剪得参差不齐。

缅邦的穷苦人家,连镜子都没有,他们多是用河面的倒影来看自己,我就回去拿了一块镜子,给老人。老人拿着镜子,端详自己好久,然后把镜子放进竹筐,没有还给我。

后来的几天,老人都没有叫我带东西给他。又隔了一段时间,他叫我弄些布料给他。

我问他要做什么用。老人没有回答。

我睡觉怕光。竹屋又非常透光,很早就去集市上买了布料,让人做成窗帘,围住整间屋子。刚巧剩下一些,我就拿给老人。

隔天,他就送给我一把竹子做的雨伞,伞布就是我给的布料。

老人给的伞做工很好,但可能是因为力气不够,伞柄没有经过抛光,有些毛糙。

"你过阵子换个布，就又变成新的了。"老人告诉我。

我起初觉得很新奇，最开始的几天，出门总会带它。但那把伞不好用，撑伞的时候需要很大的力气。布料不挡雨，湿透了很重，雨水还会滴下来，加上伞柄没有打磨，有毛刺扎手，很快就被我丢到角落里，再没拿出来。

这是老人唯一送我的东西。

7月中旬，有个叫贾斯汀的美国人过来这边做公益，教导孩子们读书认字。和贾斯汀混熟以后，有天深夜，我和他说起老人的故事。

我的英文差，不知道他听懂多少。第二天我见他的眼眶泛着红。看到我过来，贾斯汀立马拉着我的手，叫我一定要带他去见见老人，他不相信世界上有这么苦的人。

我笑他，你都来这里几天了，见到这里的环境和这么多穷苦的孩子，还不相信吗？

贾斯汀盯着我，说赶紧带他去见老人。

刚走出没多久，贾斯汀又跑回去，拿了些巧克力在手上，到我面前的时候，问，老人吃不吃这个？

我想了下，告诉他老人没什么东西是不要的。贾斯汀笑起来。

老人不喜欢美国人。他认为曾经的金边坡是稳定团结的，是美国的介入导致动乱发生，人们流离失所。

见到金发碧眼的贾斯汀第一眼，老人就把短猎枪从竹筐里拿出来，放在大腿上摩擦。

我发现老人这动作，叫贾斯汀赶紧把巧克力给他。

老人伸手接过，撕开包装尝了一下，"呸"地吐了一口，还给了贾斯汀。

贾斯汀握着巧克力，噘着嘴，问我，老人是不是讨厌这个？我先冲他摇摇头，说老人本来就不喜欢零食，然后转头对老人说，你刚才不要的巧克力，很贵，一块能换十碗饭。

老人反应一下，把贾斯汀手上的巧克力拿了回去，还伸手，让贾斯汀多给一些。

因为短猎枪被老人拿在手上，椅子上的竹筐空了出来，老人把巧克力一块块码了进去。

当天，因为没有多余的凳子，我和老人坐在椅子上，贾斯汀坐在地上。

贾斯汀会的缅语不多，就先用英文说给我听，让我翻译成中文给老人，老人则说中文，我翻译成英文给贾斯汀。很快我发现，这远远超过我的能力范围，就让他们自己交流。

最后，局面变成，贾斯汀一个人在手舞足蹈地说缅语，老人不想理会，用中文和我在闲扯。

老人后来和我说，看到贾斯汀的时候，他想到自己之前的军队生活，想把这个美国人杀了，但还没下定决心，就发现对方不错。

之后，贾斯汀又来见过老人几面，每次都会带巧克力，还搬来过一箱矿泉水，都被老人拿去换了大米。我知道,他一定是按照十碗饭的标准换的。

一天下小雨,老人把我叫过去,递给我一根竹竿,说这个天气鱼很容易上钩,叫我去河边钓鱼,他想要吃鱼。

我看着光溜溜的竹竿,问他,这没有线和钩,怎么钓?老人说让我自己去找。

我有点蒙,等反应过来的时候,已经拎着竹竿走出了房间。刚到路上,忽然生起气来,心里想着,凭什么是我?

我想要回去,但是转头看到老人的目光,实在没好意思。在路上遇到贾斯汀,我就让他去给老人钓鱼。

贾斯汀也有点为难,我把竹竿塞进他手里,赶紧跑开。没办法,他只能用巧克力做报酬,叫一个学生去帮忙钓鱼。

十来天后,贾斯汀和这鱼钩一样,沉入了水里。

我再去见老人的时候,和他说贾斯汀死了。老人看着我,问我是怎么回事?

我和他说了情况。

老人没说什么,只是从竹筐拿出一块贾斯汀的巧克力,分了半块给我。

贾斯汀虽然经常数巧克力,但被我偷拿了好几次,他都没发现过。我后来把巧克力都给了老人,这是他第一次分给我。

那天,我破例和他讲了自己的事情,说自己的父母、家庭，如何从家乡一步步来到这里。老人没有打断我。

在我说完以后，老人说："你就因为这些东西，就要来到这边吗？"

在他看来，我的烦恼其实不是烦恼，不应该为了这些事让自己不开心。

当时我有点生气，却说不上为什么，相比起老人，我的烦恼确实不算什么。后来长大了些，我才明白过来，少年时的痛苦和成年后的痛苦，并没有大小之分。

老人看了我一会儿，见我没回答，就说从没见我穿过笼基，想着给我做一条，问我喜欢什么颜色的。也许是觉得我不相信，他又加了一句，以前妻子的衣服都是他做的。

我说自己不喜欢，穿上后总感觉背叛了自己的国家。老人"嗯"了一声。

他起身去屋内，拿了一管水烟出来，放了罂粟刮下的烟膏，自己吸了几口后，让我也试试。

我刚想抽，就被老人拿了回去，然后跟我说：有些东西，生活再难也不要试。

隔了一会儿，老人又对我说，以前烟膏都是自己种的，现在要买，很贵，问我是不是可以给他一些？

我没搭理他，起身就走了。

这之后，我很少去见老人。

决定离开金边坡的前几天，我再次路过老人门口的时候,他又在向我招手。

但是我依然没有理会。

老人见我打算离开,撑着椅子,起身过来。我看他腿瘸着,一步步小心地走着,不忍心,就过去扶着他。

老人见我没位置坐,就去屋子里拿了一张椅子。等我坐下后,问我这段时间为什么不理他?

我撒谎说自己很忙,没时间过来陪他吃饭。然后说自己房间里还有许多吃的,打算都给他。

我刚要站起来,就被老人拉住。他的手很冷,像是翡翠贴在皮肤上。

老人和我说起中国,说他其实去过一次。

老人的妻子孩子都死了以后,他来到云南,想要留下生活。他之前并不觉得缅邦人是痛苦的,但是妻子死后,他觉得缅邦人很痛苦。

"这里很多人都想过去。"老人说是因为他们不会说中文,在中国生活不下去,而他会说。

但是真正到了云南才发现,会说和生活是两回事。

老人当了一辈子兵,只会打仗和开枪,没有一技之长,在云南根本找不到工作。把存下来的钱花光以后,实在无法生活,只能回到金边坡。

我被他说得有点好奇,问他,中国就真的那么好吗?

老人说,中国人的眼睛里都没有痛苦。顿了一下,他说我已经变得有点像一个缅邦人了。

老人的体力明显比几个月前弱了,深深吸了几口气,才有力气接着说。

他说自己错了,当初在那户烟农的奶奶被杀以后,他该把小男孩直接杀掉,不应该留在最后。

我有点奇怪,问他这是为什么?

老人说,这样,小孩会很痛。

他不能决定是否杀人,但可以决定杀人的顺序。

我不知道如何接老人的话。

老人看着我,用筷子敲了下我的手,说道:"能够死在家乡,是一件很好的事。"

染血的粉笔灰

对金边坡山区的孩子来说，人生往往只有三种选择：加入贩毒组织成为童兵，到赌坊做侍应生，或是留在家里种植农作物。

2009年7月上旬，一个临时搭建的帐篷内，我的朋友贾斯汀正在给达邦的孩子们授课。帐篷里坐着的二十来个孩子，年龄参差不齐，大的十五六岁，小的只有四五岁，贾斯汀用白色的粉笔在黑板上写了个"A"，并且大声读了出来。

想象中跟读的情况并没有出现，孩子们呆滞地看着他，没人发出声响。

贾斯汀很着急，他像是一场交响乐演奏会的指挥家，不停挥舞手臂，粉笔在空中划出各种弧线，不断地重复"A""A""A"。

二十三天后，贾斯汀却永远沉入了水底。

贾斯汀1991年8月出生在美国波士顿的一个中产家庭，父亲经营一家律师事务所，母亲是骨科医生，家里有一个正在考医学执照的哥哥和一个比贾斯汀小两岁的妹妹。

贾斯汀的五官很立体，蓝色的眼眸，一头浓密的金色卷发，一米八几但不健壮，两条腿瘦而长。

"在这里你得把腿藏起来，不要被人发现，会有危险的。"我笑着调侃他。

他听了以后，很忧虑地问了我三遍"真的吗"，我憋着笑点头。

自那之后，在潮湿闷热的达邦，贾斯汀成为唯一一个穿长裤的男人。

自从知道贾斯汀月份比我小，我就让他叫我哥哥，说在金边坡我罩着他。他很认真地反驳我："我们没有血缘关系，我不能叫你哥哥。"

他的皮夹里有一张和妹妹的合影，两人穿着天蓝色的滑雪服，站在雪山峰顶对着镜头大笑。

"你妹妹好漂亮，把她介绍给我呗？"我看着照片对贾斯汀问道。他抿着嘴，紧锁眉头，思考了十几秒说："我现在不能回答你，我要征求她的同意。"

贾斯汀小时候就和同龄人不一样，在大家疯狂追逐漫画和游戏的时代，他却最爱看电视里播放的纪录片，关于环境污染、动物保护、贫困国家人民的生活。

"每当我想到有那么多和我一样年纪的孩子得不到帮

助，我就会陷入自责，整夜睡不着，我告诉自己，必须要做点什么了。"

贾斯汀选择加入公益组织宣明会，这是一家国际性的慈善机构，立志帮助贫困地区的孩子获得教育资源。

"我是波士顿分区最小的一个会员。"贾斯汀说这话的时候，眼睛里有显而易见的骄傲。他那年十二岁，一个人跑到宣明会驻波士顿办事处，敲响了负责人办公室的门。

"他不同意我的请求，说十六岁才是最低入会年龄。但是我每天放学都跑去打扰他，坚持了一个星期。他没办法，只能找我父亲谈话。"

贾斯汀笑了起来："没想到，父亲很支持我。"

宣明会定期组织人员给当地福利院的孩子上课，贾斯汀作为活动的随同人员，负责采购物资、登记人员、维持秩序。

"四年时间里，除了没有上过讲台，其他环节我已经很清楚了。"贾斯汀告诉我，公益不是简单的资金和物资援助，你不能站在高处俯视那些需要帮助的人，而是要从对方真正的需求出发，还要兼顾到他们心中的自尊。

我第一次见贾斯汀，是他来达邦的第四天。当时黑板上钉着一幅巨大的世界地图，帐篷内摆了二十多张铁质折叠课桌和塑料凳子，桌子上放着《国家地理》杂志。贾斯汀正对着世界地图，用不流利的缅语讲述每幅图画的具体位置。

帐篷的四周没有封闭,谁都可以进去,我站在旁边听了一会儿,虽然缅语不好,听不懂讲课内容,但觉得《国家地理》的配图好看,环顾四周发现没有座位,就把离我最近的一个小孩拉起来,自己坐到凳子上。

屁股还没热,就看到贾斯汀朝我径直走来,用胳膊环住那小孩,眼睛盯着我。瞬间,二十多双稚嫩的目光朝我射来,竟然有种被扒光衣服的羞耻感,我不自觉地站起来。

我刚想走出去,贾斯汀就跑到自己居住的小帐篷,从里面拿出个凳子递给我,还塞给我一本《国家地理》。

"中国人?"下课后,贾斯汀用英文问了我一句。看到我点头之后,马上转换成蹩脚的中文:"你好,吃了吗?"

我被他逗笑了,贾斯汀也跟着笑了起来。"你也是过来帮助这里的人们吗?"我犹豫着点了下头。

"哇,你来自哪个组织?"贾斯汀一瞬间兴奋起来。见我没回答,他并不在意,反而拉着我品尝他带过来的食物。"这是我亲手做的三明治,可惜保质期很短,带的不多,这块给你。"

我已经厌倦了缅邦当地食物,贾斯汀的三明治在达邦可以说是人间美味。他让我和他一起吃,可惜只吃了一天,三明治就吃完了。只剩下压缩饼干,我不爱吃,但还是每天都会到贾斯汀的帐篷来。

因为我的英文很吃力,所以在交谈过程中,我往往要让贾斯汀重复一遍刚才的话。每当这个时候,他就会习惯性地向右边瞟下眼睛，在英文中夹杂一些中文。

在我看来，他是个天才，不光会一些简单的中文，还能讲德语和西班牙语，为了这趟金边坡之行，他甚至利用空闲时间自学缅语。

贾斯汀准备了三年。"这是我几年来做的功课。"他拿出厚厚的一沓笔记本，上面记录了他制定的两个月授课计划：第一天到第三天先和孩子建立友谊，第四天到第十天给他们看《国家地理》，第十一天开始增加播放世界各地的风景图片和歌曲的课程，第十五天正式教授英语等。

"看图听歌有什么用？"我觉得这课程制定得不科学。

贾斯汀脸上绽放的笑容收了回去："这是必须的，我必须让这里的孩子先了解到世界的美好，这远比知识更加有用处。"

他说这只是前期计划，过段时间他还会号召同伴一起过来，带来先进的农作物耕作知识、种子和设备，建立一所实验学校，帮助人们找到长久稳定的经济来源。

"这是一个长期工程，我打算花费五年的时间来完成这一切，现在只是迈出了第一步。"贾斯汀伸出食指比了个"1"。

"你是一个好人。"虽然不理解这种行为，但不妨碍我伸出大拇指。

这时候，天上突然下起了大雨，这也是闷热的金边坡几乎每天都会发生的事情，贾斯汀右手揉搓卷发，咧开嘴大笑，雨点砸在雪白的门牙上。

7月份的金边坡局势分外紧张，我可以不用走货，每天无所事事靠贾斯汀解闷。

来上课的学生人数也不断增加，一开始，我在座位上自顾自地看《国家地理》。很快，我就变成了维持课堂秩序的人。

到第十天时，帐篷内已经挤满了孩子，甚至有很多妇女和老人站在帐篷外，翘首张望。下课时间从下午4点，延长到傍晚6点。

"嘿，一切都在朝预期发展，不是吗？"我刚把车停在帐篷门口，贾斯汀就过来给了我一个拥抱。

我一脸嫌弃地推开，拿了瓶可乐给他。贾斯汀几口就喝完了。作为回报，贾斯汀从口袋里掏了块巧克力给我。

我没有打开包装，放在手里掂了几下。"你觉得对这些孩子来说，是老师重要还是巧克力重要？"

贾斯汀带了几箱巧克力过来，作为激励学生的法宝。他会给每天按时过来上课的孩子们做一个登记，下课后奖励一块巧克力。

贾斯汀很喜欢做的一件事就是把箱子拆开，数数里面还剩下多少块巧克力。哪怕箱子是满的，也要一一打开来数一遍，如果还在足够预期发放的数量里，他就会快乐地哼几句歌。

贾斯汀告诉我，等看到这里的一切明显变好的时候，如果巧克力还没发完，他会非常开心。

但正是为了得到这一块巧克力,很多孩子往往会在凌晨五六点就出现在帐篷门口,等待两三个小时。贾斯汀和孩子们提了几次不要这么早过来,但并没有效果。

"你觉得这样的奖励好吗?"我问贾斯汀。

贾斯汀原地沉默了一会儿。"不好,但是我害怕。"他害怕一旦没有了巧克力的诱惑,孩子们就不会再来。

"不要想太多,那些上课的大人可没有巧克力。"我安慰了他一句。贾斯汀的眼神奔落在地面,情绪显得很低落。

我决定给他上一课。

"见过她吗?"我指着前方附近一个正蹲在地上撒尿的小女孩。贾斯汀点头,这是从第一天就过来上课的学生。

我让贾斯汀站到车子后面,走进帐篷拿了上课用的粉笔盒,挥手叫小女孩过来。女孩有十一二岁,但是因为长期营养不良,显得很瘦小,锁骨带着皮高高凸起。

我示意女孩摊开手掌,然后把盒子里的粉笔灰倒在上面,像是给侄女糖果。

我伸手摸了摸她的脑袋。女孩咧开嘴角,朝我鞠了三个躬,继而转头环顾四周,确认没人后双手握拳迅速跑开,找了一个偏僻的角落,靠着泥墙蹲下来,按住一边鼻孔,用另一边鼻孔猛地一吸,整个人就开始剧烈咳嗽,鼻涕和眼泪不停往地上流淌。

贾斯汀单手扶着后视镜,嘴巴微张,右手举起,停滞在空中许久,又颓然放下。

我钻进副驾驶，从抽屉里拿出珍藏已久的二锅头，递给他一瓶。贾斯汀看也没看就把手里的酒瓶往地上砸去。瓶子很硬，没有碎，只是在泥泞的土路上砸了一个小坑。

贾斯汀朝女孩快步走去。还没到跟前，小女孩看到贾斯汀，就挣扎着站了起来，也许是蹲的时间太久导致脑袋缺氧，双脚晃了一圈，踌跚了几步，才有力气迈开腿往前奔跑。

"你为什么要这么做？你为什么要这么做？"贾斯汀脖子上的静脉凸起来。

我弯腰把二锅头捡起来。"这些孩子以为粉笔灰和海洛因一样都是毒品，在这里，毒品是很昂贵的零食。"我把手上的粉笔盒举了起来，"难道你没发现里面少了很多粉笔吗？"

贾斯汀像是一条被人卡住喉咙的山蜥蜴，张牙舞爪却无能为力。

我把二锅头重新递了过去，打开车子的后备厢，从里面拿了两杆鱼竿出来问："钓鱼去吗？"

贾斯汀没回答，我拽了他一把。

路上，贾斯汀问我："她为什么要跑？"

我告诉他，因为那女孩认为你是过去打她的。

快到河边的时候，贾斯汀突然说道："对不起。"

我摇摇头："没事，这里是金边坡。"

流经达邦的河流叫追夫河，河面不宽，水质也略显污浊，似乎有一层青绿色的泡沫浮在表面。近年来因为环境污染愈发严重，导致很多当地人染上了传染病。

贾斯汀带来的物资里有几十箱矿泉水，第一天就分发给附近的每一户人家，同时向大家承诺，以后会在这里安装一个净化水质的设备，让所有人都能喝上干净的水。

开始并没有人相信，但是很快，贾斯汀的真诚让大家都对他开始产生信任感，也同意把自己的孩子交给贾斯汀。达邦多是老人和妇女，他们不理解上学的概念，贾斯汀就说让他们过来玩。

"没意思，要不我们玩个游戏吧？"我钓了一会儿觉得无聊，提议道，"你先钓上鱼，我给你10美金，我先钓上鱼，你口袋里那个 iPod[①] 归我。"

贾斯汀摇头："我不赌博，而且10美金买不到 iPod。"

"要是价值相等还用打赌吗？"我接着说，"这样，要是你赢了，我指出你今天上课的一个错误。"

贾斯汀立马转过身说："我上课有错误？" 我点头说："很大的错误。"

他抿嘴纠结了很久说："好。"

贾斯汀先钓了一条小鱼上来，说："10美金我不要了，你告诉我错误在哪里。"

我歪头打量贾斯汀一会儿，回道："我还没有想好去

---

① iPod：苹果便携式音乐播放器。

哪里给你找个错误。"

贾斯汀怒了,伸手就给了我一拳。

"我晚上很寂寞,想听歌,等我回去那天,把它给你。"

我用磕巴的英语和贾斯汀畅聊了中美文化差异、宗教信仰和爱情观等话题。他又问:"你们中国人是不是都会功夫?"

我把鱼竿插进土里,走到岸边找了块平坦的小石子,弯腰甩手,打了一个十二连水漂。

"中国功夫。"我扭头对贾斯汀说道。

贾斯汀摆手说:"这不是中国功夫。"他详细解释了为什么石子能浮在水面的物理知识。

"他不同意我过来,但是我成功说服了他。"贾斯汀说他和父亲进行了一场男人间的谈判,他的父母问了他两个问题:一、这件事是不是你确定要去做的?二、你是否要为这件事付出所有你应该做的努力?

贾斯汀强烈地表达了自己的意愿。"当然,我还告诉他自己是和六七个同伴一起出行,绝对没有危险。"

这时,我手里的钓竿一沉,还以为是鱼儿上钩,拉上来一看,是个黑色的塑料袋。"你这不是欺骗吗?"

"对父母不算欺骗。"贾斯汀很快回答,"你呢,你怎么说服你父亲的?"

我把钩子上的塑料袋扯开,丢到一边,说:"我父亲不是一个好人。"

贾斯汀没再发问，伸手拍打了几下我的背部。

我和贾斯汀聊起中国高考的艰辛，他表示不敢相信，"哇哇哇"地叫个不停。"你是没考上大学对吗？"

我沮丧地点头。

"你可以来美国读大学。"他说。我瞟了他一眼："没钱。"

他问我大概需要多少钱，我随便报了个10万美金的数字。贾斯汀一手撑着脑袋，考虑许久："我可以借给你。"

我扑哧一声笑了："我可没钱还。"

贾斯汀摇摇头："虽然你现在没钱，但是以后会有的，我相信你。"

我没理贾斯汀，去旁边的水坑抓了个虫子，挂在鱼钩上，甩进了河里。过了一会儿，我问："你说真的？"贾斯汀用力地点头。

"你们美国人恋爱是不是很随意的？"贾斯汀听了我的话，惊讶地张开嘴，"我们对感情是很认真的。"他说对感情认真是一个成熟男人的必备选项，自己还没有谈过恋爱。

他说这次过来的很多物资都是朋友赞助的，他带着大家的期望来到这里，帐篷里的投影仪就是他喜欢的女孩提供的。

"那女孩也是一个好人。"我朝着贾斯汀伸出了大拇指，"是的，她很美。"

"那你为什么不和她表白？"

"因为我不确定自己是不是生理上的冲动。前天我已经确定不是,但是昨天又不确定了。"

我扶着额头问:"那你今天确定了吗?"

"没有。"贾斯汀像是泄了气的皮球。

夜晚的河面很平静,能听到细碎的雨滴落在水里的声音。贾斯汀陷入了沉默。

"我能帮助他们改变吗?"

"不知道。"我诚实地摇了摇头。

气氛沉寂了很久。"至少,不会再糟糕了。"我对贾斯汀说。

贾斯汀不知道,每天下课以后,就是拿到巧克力的孩子和没有拿到巧克力的孩子之间的斗争时刻。我曾见到一个孩子被打倒在地,脑袋不停地被同伴用石块敲击,却始终没有松开握着巧克力的右手。

在这片土地里,暴力只会隐藏,不会消弭。

那夜过后,贾斯汀上课时变得更加努力。

"你认为我刚才说的内容怎么样?"下课之后,贾斯汀不顾我的反对,拉着我讲了半小时的课。

"我缅语很差的,听不懂。"我摇摇头。贾斯汀瞪了我一眼,又重新开始练习。

他开始采取一对一谈话模式。把孩子叫到一边,问他们对于上课内容的感受,有没有什么不明白的,有哪些内容是他们喜欢的。但是全都哑火,孩子只是站着,从不回答，眼神很怯懦，如果贾斯汀不抓住孩子的手臂，他们立刻就会跑开。

"孩子怕你会打他们，不敢回答的。"我说。

贾斯汀问我为什么。我告诉他："在这里，说别人的坏话是要被打的。"

山区的孩子是金边坡一个普遍缩影，一面装满恐惧，一面充斥暴虐。

有一天，贾斯汀告诉我，他和孩子交流的努力取得了成果，有个孩子说因为帐篷里站着很多人，在后面坐着看不到黑板。

"你能不能帮我一个忙？"他打算升高放置黑板的台阶。"什么？"我问贾斯汀。

"你能把你房间里那两张竹床放在这里吗？"贾斯汀拉着我走到讲台位置，比画了一下大小，说弄些石块垫在竹床下面就可以让黑板变得很高。

"那我睡在哪里？"我佯装恼怒地看着他。贾斯汀掏出口袋里的 iPod 递给我，说是补偿。

"算了。"我摆手把 iPod 推了回去。

也许是黑板的事情带给孩子信任，陆续有孩子选择和贾斯汀交流，课堂上学会了举手发言，有的女孩子甚至还会说自己喜欢贾斯汀。事情看起来正在朝着好的一面发展。

"今天有人叫我离开这里。"贾斯汀告诉我，某天下课后他被几个当地人围住，对方让他马上停止给这里的孩子上课。

"是什么人?"我问他。贾斯汀摇头,表示不知道。"要不先停一段时间吧?"我下意识觉得不对。

"我是美国公民,这是我的权利和自由,我绝对不会投降的。"贾斯汀音调很高。

他十分坚持,之后几天,又接到两次类似的警告。

我再次试图劝他,贾斯汀可能被我说得不耐烦了,直接告诉我:"如果真的出了事,我父母还有我的哥哥和妹妹。"

我有些无计可施:"如果你这一次公益再不停止,可能就会倒在这个地方,后面所有你想做的事就都没了。"

贾斯汀说过,他还想去其他国家,帮助不同国家的人,甚至已经做了一些准备。

"这是我第一个想做的,如果我第一个都没有做好,遇到危险就退缩,后面就完全坚持不下去了。"虽然他还只是公益组织的预备役成员,却不肯妥协。

我实在劝不动,也不能把他的帐篷烧了,想了一圈,没觉得贾斯汀惹到了谁,加上他本身的性格原因,就没有再劝。

三天后,刚巧夜晚没下雨,我约贾斯汀去河边喝酒。两人搬了一大堆干木柴放在石头上,淋上汽油就变成篝火,我们面朝河流坐了下来。

"这首很好听啊。"我和贾斯汀两人一人一个耳机,听着 iPod 里传来歌声。"这是乡村音乐。"

贾斯汀开始和我解释什么是乡村音乐。

说话间，我突然听到远处传来"嚓嚓嚓"的声响。这种声响我很熟悉，是靴子踩在石头上才会发出来的。金边坡什么人才会穿靴子？我还没来得及多想，就见到黑暗中有阴影靠近火堆，继而露出三个人的身影。

看清楚他们面部的第一眼，我就知道要出事。我们这些做边缘生意的人都管这种脸叫毒贩脸，是贩毒组织核心圈负责执行的一类人，是真真正正见过血的人。

领头的那个站立以后，盯着我们看了大概有六七秒钟。贾斯汀说了句："什么事？"就打算站起来。

我把手拍在贾斯汀的手上，想拦住他，但是话卡在胸腔怎么也叫不出来。贾斯汀过去没多久就发生了争吵，他的情绪很激动，右手不断在空中挥动，我的耳朵此时开始发出"嗡嗡"声，听不清楚周围的声音。

几乎就在一瞬间，领头人就把手枪指在贾斯汀的脑袋上，没有任何迟疑地扣动了扳机。

我不知道那把枪的具体型号，但一定是大口径手枪，因为小口径手枪近距离射脑袋会出现一个小孔，而大口径手枪则会让后脑勺像是剥开的榴莲一样爆开。

也就在这一瞬间，贾斯汀倒了下去，右手还保持着之前挥动的姿势，不停地在地上抖动。后面两个人走上前来，一人拿出菜市场挂猪头的挂钩，朝贾斯汀脖子上扎去，一钩一拉一拖，就装进另一人准备好的黑色大塑料袋里，用绳子封口打结，另一头挂了一块石头，就近沉入了河里。

我整个人都蒙了,只记得那天是自己走回家的,对其他事情完全没有印象,当再次醒过来恢复意识,才发现自己正趴在床上饿得厉害。

缓了两天,猜叔上门找我来喝酒。灌了半瓶威士忌,我缓过来一些。

我看着屋顶问:"猜叔,你知道有个美国人在这里吗?"猜叔点头。

椅子坐得我很难受,我把屁股四处挪着。"他前几天死了。"

"我知道。"

我的手垂在腿上,弓着腰,呼吸很重,眼睛看着桌面。"猜叔,你是不是事先就知道?"

猜叔觉得有些好笑:"这里是我的家,你说呢?"

我点头:"也对。"

沉默了一会儿。我鼓起勇气抬头,看着猜叔深呼吸几口:"你为什么事先不告诉我?"

猜叔笑了出来:"我为什么要告诉你?"

那一刻,我不知道该如何回答。

之后几天,可能是我没能隐藏住情绪,猜叔感觉到了我的变化,几次找我喝酒的时候,他都露出扫兴的表情。

又过了两天,"猜叔儿子"过来找我。说是猜叔儿子,其实就是一个猜叔的手下,长得瘦小,一脸的刀疤,他是那种猜叔去厕所的时候会守在门口递纸的马屁精,所以我叫他猜叔儿子。他告诉了我贾斯汀被杀的理由:

金边坡的贩毒组织人员消耗得很快,需要不定期补充兵源。因为10月雨季结束就是出货的黄金期,而训练一个童兵至少需要两个月的时间,所以一般集中在七八月份招兵。

这些贩毒组织除了招募一些周边国家的雇佣兵,主要的兵源就来自附近的山村,而达邦因为人口较多,生育率也比较高,所以一直都作为中型的童兵供应地。

和外界想象中不同,贩毒组织招募童兵并不是抢掳,而是会和孩子的家庭商量。如果孩子在组织里能存活下来,这户人家每月就会得到两到七袋大米,数目取决于组织内部考核情况。

在征兵时,通常还会询问孩子自己的意见。这是为了防止孩子有过多的负面情绪,那样不利于训练,但大部分孩子给些零食就愿意过去。

而贾斯汀的到来改变了这一切。在贾斯汀开帐篷小学之后,不仅孩子们不愿意去当童兵,就连不少大人也开始不同意了。缅邦人从众心理很强,加上达邦实在太小,一旦有人家拒绝应征,其他人往往也会选择多做考虑。

为什么他们改变了自己的选择呢?被征兵可以定期拿到食物,而贾斯汀送出的巧克力只存在于这几个月。也许是见识到了世界的美好?也许是贾斯汀许诺给他们的希望?我没有去问过,只能在心里猜测。

"为什么以前没人和我说过这些?"我懊恼地问道。猜叔儿子惊愕看着我:"这是大家都知道的事情。"

这句话仿如一记重锤，砸醒了我。如果早知道这些，就算把贾斯汀的帐篷烧了，我也会赶他走。

可惜没有如果。

金边坡的秩序很快又恢复了平静，猜叔给我安排了新的送货任务。经过村庄时，我看到有孩子和妇女站在路旁伸手，我停车，依例从后备厢里拿出些小包装的米和油给他们。

回到营地，已是隔了一个星期的傍晚，天下着阴沉细雨，我重新来到帐篷附近，之前的一切已经消失得干干净净。附近的老人蹲着抽水烟，冒起的白雾很快消失；妇女则忙着烧火做饭，都是些野草野蘑菇，不舍得加盐；熟悉的孩子面孔少了很多，只留下一些年纪小的在互相丢石子玩。

似乎一切都没改变。

直到我看到有个男孩子趴在树荫下，不停翻动面前的《国家地理》，咧着嘴在笑。

我也笑了起来，仿佛重新回到了课堂：投影仪正在播放像素很低的图像，那是关于南美洲风光的，每切换一幅，孩子们就会"啊"地叫出声来。

逃离金边坡

猜叔是各个势力的调解人,但本质上大家还是把他当成贩毒的大佬。

有一次猜叔请达邦各行各业的老板聚餐,我和一个赌坊老板都坐在末桌。当时的气氛热烈,大家都有点醉意,猜叔特意叫赌坊老板表演节目。

他什么话都没说,一把就将后脑勺的小辫子扯开,踩着凳子走上桌面,在上面跳脱衣舞。衣服在他手上摇晃,头发转着圈圈,扭动着的壮硕身躯像条刚吞了兔子的蛇。下面的缅邦人都在捂着肚子笑。

临散场的时候,他特意过来敬了我一杯酒。我才知道他的名字叫夏文镜。

每个人都会有一两次运气特别好的时候,夏文镜最大的运气,就是遇到猜叔。

灰色行业,有时候门槛非常高。

猜叔喜欢中国古典诗词，夏文镜喜欢编顺口溜，猜叔认为夏文镜是懂他的人，因此让夏文镜负责管理蓝琴赌坊。

后来，夏文镜常常找我去他的赌坊玩，我每次都是很快就把钱输光。但一来二去，我发现夏文镜人很有趣，就熟络起来。

有一天，我刚送完货，就看到夏文镜的车停在我的屋子外面。我按了两声喇叭，夏文镜下车，左手拎了一瓶茅台，右手对我比了个喝酒的姿势。开始我们两个一直都在闲聊，说些赌坊里的趣事，我有一搭没一搭地陪着他。

忽然，夏文镜开口对我说："最近这边要换人，你帮忙跟猜叔问一下，行不？"

近年来，金边坡的经济环境差，加上夏文镜做事不留余地，有些地方的华人势力看不过眼，就对猜叔施压。猜叔看蓝琴赌坊经营状况不算好，因此准备关闭，顺便卖些人情。

隔了好几天，猜叔过来吃饭。饭桌上，我使劲恭维猜叔的辉煌事迹。等觉得时机差不多，我就趁着他兴致不错，提了关于蓝琴赌坊的事情。

猜叔放下筷子，看着我说："你哪里听来的消息？"

我一时间不知道怎么回答，但是又不想出卖夏文镜，就看着猜叔没开口。

"没事，没事。"他从桌上的烟盒里拿了支烟点上。

我以为他会散烟给我，抬手等了一会儿，发现猜叔没这意思，就自己伸手去烟盒里面拿。刚摸到烟盒，猜叔就把我的手腕按住，用力翻过来，然后把嘴上的烟头向我手臂按了下去。

我被突如其来的变化弄得有些懵，得有一秒钟，疼痛的感觉才传到大脑。我能听到"呲"的声音，然后闻到了焦味。

我挣扎着想把手抽回来，但完全动弹不了。

猜叔在我的胳膊上按灭了烟，把烟头扔掉，吼着警告，再乱动就打死我。

我被吓住了，身体不敢动弹。

猜叔又重新点了一支烟，慢悠悠地吸完以后，又把我的手当作烟灰缸。

反复三次。

做完这一切，猜叔终于松开我，叫我用脑子想一想，就离开了房间。

当夜我没睡着，不是因为疼痛，而是感觉有一种恐惧的情绪充满了整间屋子。

后来我才知道，夏文镜之所以找我，是因为运输人员从来都是贩毒集团的核心。在外人看来，我是猜叔的心腹。

猜叔为什么烫我？

因为我犯了忌讳，更因为我不是猜叔的真正心腹。

我没能成功帮夏文镜说情，蓝琴赌坊也被关闭了，夏文镜从此消失无踪。

我再次走货的第一天晚上回来，猜叔请所有手下吃饭，特地叫人烧了一大桌的广东菜，说是给我换换口味。"本来应该给你做家乡菜，但这边找不到浙江的厨师。"酒过三巡，猜叔亲自走到我的座位前，给我端了一碗老火汤。

我刚想站起来接，猜叔就把我按了回去，他边把汤放在我的桌面，边和我说不要这么见外，大家都是一家人。

话刚说完，所有人都应声附和，纷纷恭维说猜叔对我特别关心，让我一定要把猜叔当作自己的亲人，大家都是亲人。

说着说着，有几个家伙就合唱起缅语版本的《友谊地久天长》，唱到中间段落的时候还用筷子敲打碗沿配乐，领头的那个家伙甚至对我挥动双手，意思是让我也一起来。

我没办法，只能站起来跟着随便哼哼，脸上一直带着笑，心里却想：这些人马屁拍得真是响。

喝酒时的嬉闹很容易拉近大家的距离，气氛也更加融洽，猜叔每说一个过往的英雄事迹，都惹得众人举杯叫好。

正吃得开心，大家越来越轻松随意时，猜叔突然站起身来，叼着一根烟，绕了几个身位。

就在我以为猜叔是走向我的时候，他停在但拓的身后。

但拓负责的是电子产品市场。他专门走私照相机、手机这些高档商品，利润很高，走一趟货能赚 10 万人民币以上，算是猜叔的心腹。

但拓看到猜叔过来，站起身来想要交谈。还没完全起身，就被猜叔按了回去。

猜叔拍了拍但拓的肩膀，我以为猜叔要说话的时候，他突然用右手捂住但拓的嘴巴，左手从腰间挂着的牛皮刀套里抽出一把匕首，锋利的刀刃滑过但拓的喉咙，在脖子上切割出一条细小的裂缝。

我脑子还没反应过来，鲜血就喷射而出。

我坐在但拓的正对面，可以看到血液凝聚成一股股血柱，朝我冲过来。因为距离原因，血液并没有溅到我身上，只是全部溅在了我的碗筷、酒杯上。

我的眼前一片红色，第一次体会到，原来眼睛也可以闻到腥臭，感到黏稠。

事情发生得太快，但拓的眼睛还睁着，双脚双手还在抽动，但人已经死了，脖子里流出的血渐渐不再喷涌，而是像山路上一个小泉眼流出的潺潺溪水，浸湿了整块桌布，还在无限往四周蔓延。

猜叔终于把手松开，但拓的脑袋落在桌面上，弹了两下，发出"咚咚"两声闷响。

猜叔叫还在拼命吃菜的两个手下赶紧把但拓拖走，说不想影响大家心情。

说完，又把匕首往但拓的头发上靠近，应该是想把刀上的血迹擦掉，但匕首太锋利，划开了头皮，变得更脏了。

猜叔很生气,踹了一脚但拓的身子,把匕首放在但拓的衣服上擦了擦,才总算干净。

"他会做小动作。"猜叔拿了个凳子坐到我的身边,冲我笑着解释道。但拓会把运送的货物调包,用假货换真货的方式赚钱。

我没说话。

这件事发生得太突然,我当时已经蒙住,心里并没有害怕恶心的情绪,反而一脸平静。

猜叔见我这个模样,以为我心理素质已经锻炼出来,不再是刚来金边坡的菜鸟,满意地拍了拍我的肩膀,对我笑道:"很不错。"然后就坐回到自己位置,重新招呼大家吃饭。

我扫视一眼桌上的众人,发现大家神色平常,该吃吃,该喝喝,划拳的划拳,拼酒的拼酒,根本没人在意这里才死过一个人。

这种漠视生命的感觉,让我怀疑是不是自己太敏感了,其实这就是金边坡的常态。

晚上我一夜没睡,满脑子都是但拓睁着双眼看我的场景。我总以为自己足够坚强,但并没有。

我不知道该如何形容当晚的感受,不是单纯的恐惧。多年后,我重新回想起那一刻的场景,才发觉自己当时就好像身处在黑暗的森林中,猜叔领着我前行。我以为自己可以跟着他,但当猜叔不经意转头对我露出笑容,我才发现他的牙齿间沾满血迹。

我在金边坡无人可依靠。

都说有钱人特别怕死，我觉得这个说法很正确。人往往在身无分文的时候，什么事情都敢去做，可一旦有了钱，就会想着赶紧远离这些危险。我那时就是如此。

来到金边坡一年多，我已经存够几十万。这些钱对一个二十岁的男孩来说，无疑是一大笔巨款。

但拓的死亡让我开始萌生退意。三个多月前朋友贾斯汀的死亡，更是我一直的心结，我一想到贾斯汀就觉得胸闷，喘不上气来。

渐渐地，我把这股怨气转移到猜叔身上，我觉得都是他的错，是他不提醒我，只要给我只言片语的提示，贾斯汀就不会死。哪怕猜叔对我一直很不错。

我脑海里盘旋着这样的想法，但人在江湖，身不由己，磨磨蹭蹭地消耗大半个月时间，我还是没有找到合适的机会，和猜叔说自己想要离开这里。直到有次和猜叔单独喝酒，他当天不在状态，很快就醉了，说了一件事。

他先是夸了我几句，说我干得不错，然后问我想不想拿得再多点。

我点头。他就和我说，他决定把"走山"的任务也交给我，每批货多给我5000块。

我经历过许多事情，不再那么容易相信别人，就问猜叔："为什么突然要我做，这个不是梭温一直在负责吗？"

猜叔开始没回答，后来我又灌了他一些酒，他打开了话匣子。

原来梭温因为不小心踩坏头领儿子的玩具,被直接割喉扔在山脚。猜叔在短时间内很难找到人,又不能让这条线空着,才想让我顶上去。

"我做不了这个的。"我恳求猜叔换别人。

猜叔压根没管我的意见,一个劲地和我谈论"走山"要注意的事情:

和头领说话的时候,必须微微低头,不能直视头领的双眼;如果你长得比头领高,就要屈膝弯腰,确保眼神是在仰视他;每个毒贩头子的卧室都会摆几尊佛像,有些信仰比较深的头领,甚至会在房子的四周都放上半人高的铜铸佛像,你经过佛像的时候,不能有微笑的动作,得双手合十,弯腰跪拜;看到头领的妻子女儿,不要露出笑容,更不要皱眉,他们忌讳这个,因为妻女是头领的私有财产,你不能有任何异样的心思展现,最好就是微微鞠躬,表示尊敬以后当作没看到;枪口不要对人;打赌输了一定得付钱,千万不要摸其他人的头;不要讨论别人身上文身的含义;洗澡的时候穿内裤……繁琐中都是危险。

我越听越烦躁,终于等猜叔唠叨完,问他:"如果我不小心做了会怎么样?"

猜叔停顿了一会儿,说一般情况是没事的。我问:"不一般的情况呢?"

猜叔没说话。

我明白过来,就是和梭温同一个下场。

贩毒组织的头领都是一些变态,这活儿相当于接触到核心圈子，我第一反应就是太危险，绝对不能做。

我终于下定决心要离开这里。

我继续给猜叔灌酒，人很奇特，一旦在心里憋着事的情况下喝酒，通常只会出现两种情况：要么醉得太快，要么醒得太早。我属于第二种，喝再多酒都保持着清醒。

等到猜叔睡下之后，我赶紧收拾东西，准备连夜逃离金边坡。

要带的东西并不多，身份证、现金和阿珠留给我的礼物。还有两样东西特别重要，一个是银行卡，一个是笔记本。

我那时年龄不大，有些习惯却早已根深蒂固：有钱就存银行。

银行卡是我在达邦旁边的小镇办理的。之前我特意留了个心眼，每次分钱之后，我都会和猜叔说要去赌场玩几把，回来就说自己全部输完。猜叔一直都认为我没存下什么钱来，自然不会有离开的念头，对我的警惕也渐渐消失。

笔记本是我每次走货的记录账本，上面记着每次货物清点的时间、数量、价格，还有其他像接头人姓名、联系方式这些比较隐秘的内容。

我收拾东西只花了几分钟，但走出门却花了很久。

我在门口不断地徘徊，每当我想拉开门的时候，就会神经质地回头看一眼犹自打鼾的猜叔，生怕他突然坐在床沿朝我笑。

我突然明白，猜叔走在路上会经常把脑袋向右后方抽动的感觉。猜叔是因为战场的不安全感留下的后遗症，我则是单纯的害怕。

我脑袋里反复出现一个画面：自己还没出达邦就被抓回来，受到各种各样的殴打，就连将要受到的惩罚都想到十来种。

我心想，不能这么下去，再拖天都要亮了，准备打自己几个耳光，让疼痛给我勇气。

手刚抬起来，又觉得这样不行。并不是我改变主意，而是打耳光会发出声响，万一吵醒猜叔怎么办？

我只好偷摸着走到卫生间，把门关上。先将洗脸毛巾裹在手上，再狠狠抽了自己十几个耳光，打完觉得不过瘾，又打了自己肚子几拳，总算有了勇气逃跑。

我重新走到客厅，默默听着猜叔的打鼾声许久，判断他是真睡还是假睡，如果是假睡，打鼾声不会特别均匀。

好在是真睡。

悄悄把门拉开，门发出的吱呀声差点让我叫出来，我心想，以前怎么没发觉这门这么吵，还很后悔没有提早换一个门。

刚走几步，又走回去把门打开。我心里想的是，要是猜叔在诓我，还可以解释说是去散步。但猜叔睡得很死。

我总算放下心来，朝着猜叔鞠了一躬，重新拉开门走出去。如果不是遇上猜叔，我在金边坡的生活应该会十分艰难吧。

我开始是像平时一样走着,随后步伐越来越快,步子越来越大,很快就小跑起来,最后一路狂奔到路边。

在从口袋里拿钥匙的时候,我手抖得厉害,几次想要对准钥匙孔都没有成功。很快我就惊醒,这辆坦途是电子钥匙。

按动按钮,坦途发出"biu"的一声,外加亮起的车灯把我吓了一跳,我将头转向四周观察几圈,确定没人发现之后才敢坐上车。

发动机的轰鸣声在寂静的黑夜分外嘈杂,我不敢开大灯,不敢踩油门,借着月亮和星光,幻想自己的车子是隐形的,缓缓驶出达邦。

驶出达邦后,我一脚地板油,坦途瞬间冲出去。

开始的一段时间,我很害怕,耳朵能听到心脏跳动的声音,就怕后面有人追上来。想要点烟,打火机怎么也按不着,就只能用车载点烟器,结果烫到胳膊,疼得厉害。

我两只手紧紧握住方向盘,手汗反复摩擦方向盘带出一层层的杂质,眼睛就没敢离开后视镜,时刻担心后方突然出现一道远光。

过了大概几十分钟,我心里盘算了下,这些小路很陡很破,弯还很急,平均 100 码的行驶速度,就算要追也一定没那么快,渐渐把心放了下来。我逐渐高兴起来,总算可以离开这个破地方,恢复到正常人的生活。

我把车窗全部打开,雨刮器、双闪、雾灯能开的都给开起来，努力制造出一副热闹的场景，然后随便抽了张碟片放进音响。

第一首歌好像是邓丽君的《甜蜜蜜》，我还跟着唱了几句。

快要接近小拉孟的时候，我又难过和沮丧起来，不知道自己回到国内将要面对的是什么。

猜叔势力那么大，会不会派杀手来找我，当初介绍我来缅邦的四爷知道消息后，会不会找我家人麻烦，这个决定来得太快，我觉得自己好像做错了。

我好几次在大的路口想调头回去，但车速太快，刹车也来不及踩，就只能硬着头皮开下去。

反复纠结的时候，车已经开到目的地。

到了小拉孟，我把车停在农贸市场的边上，双脚触及地面的那一刻，我确定自己要离开。我告诉自己，这一切都是命中注定，能活尽量活，该死也逃不了。

我问附近正在吃烤串的几个缅邦年轻人会不会开车。一连问了两个都摇头，直到第三个才说自己会开。

我把车钥匙丢给他，告诉他，这辆车是佛送给他的礼物。那人一脸惊讶，从头到尾只看着我，没说过话。

花了200块人民币，绕了四十分钟的小路，我坐在黑摩托师傅的后座上，时隔三百多天，重新回到中国。

2010年4月18号凌晨1点55分，当我真正踏上中国的土地时，心里竟然没有如释重负或者担心后怕的情绪出现。

当晚有小雨，我的头发都被淋湿，睫毛上也沾满雨珠，眼前一片模糊。心里突然想到，身在老家的母亲这个点应该还在和楼下的阿姨打麻将，渐渐笑出声来。

重返生活

2010年4月18日凌晨，我回到国内，正站在路边恍惚，一辆黑的过来问我去哪儿。我下意识回答随便，立马被司机半拖半拉推进车子。

路上，我一只手托着脑袋倚靠车窗。道路崎岖，眉骨被不停颤抖的玻璃窗敲打着。司机几次想找我聊天解闷，都没得到回应。

早上6点多，当司机手指打表仪上400多块的报价，摆出一副不给钱就不让下车的姿态时，我才确信自己回到了国内。

太阳出现，带起一片红光，我站在景洪一条不知名的道路上，发现自己无处可逃。

我害怕四爷更害怕回家，犹豫许久，决定去和坝子哥解释。

原本计划住酒店，但觉得用身份证登记不安全，只能选择窝在一间黑网吧里，白天黑夜地打游戏，烟酒不离手,想从精神到肉体全面麻醉自己。

我变得脆弱,因为发现就算回到国内,自己依旧无家可归。

这样颓废地度过一个星期,直到网卡里没钱我才离开。

太久没出门,光线刺得我眼睛难受,看着过往穿梭的车辆、林立的店铺、沿街叫卖的小吃摊子,竟让我有深夜独自漫步在金边坡森林中的错觉。

我开始在网上疯狂搜索法律条文,了解到自己最多算个从犯,而且没有参与过核心犯罪,自首的话肯定能坦白从宽,被判刑期也应该不会太长,说不定还能免于刑事处罚。

我决定自首。

走到小区门口,我挥手拦下一辆出租,和司机说去警察局。

汽车发动机启动以后,我整个人也突然跟着颤抖起来,肩膀止不住地打冷颤,努力想要控制却没有办法。中途我无数次想要让司机停车,话卡在喉咙,牙根不停抽搐,根本没办法说出口。

听到司机说已经到警察局门口时,我才回过神来,下车之后并没有马上进去,反而在对面的便利店买了瓶可乐,几口喝完又买了一瓶。

我看着间隔十来米的警局,想要过去,脚却使不上劲。

我当时想：要是坝子哥他们的势力没了，我就没事了。这样的话，应该不需要我亲自上门，只要把笔记本交进去，再写一封匿名信就可以。

想通这点，我又赶紧拦辆出租车回去。

匿名信不复杂，只是记录了我负责的线路情况：物资的种类数量、运输的时间地点、对接人的姓名、具体的价格等。

我写了一个小时，用完四五页的白纸。再一次出门时，我没有慌张，神色很镇定。

我觉得这封匿名信加上笔记本应该可以解决这件事。

我重新来到警察局对面的便利店，突然发现一个问题：我不能去交这个匿名信，得找人替我送进去。

等了近二十分钟，我看到有两个初中生模样的男孩走过来。我花了200块钱，让他们走到警局门口，交给执勤的警卫，说这是举报信就行了。那两小孩虽然眼馋钱，又有点害怕，问了我几遍有没有危险。我告诉他们没有，再说他们是初中生，谁会为难两个初中生呢？他们就信了。

眼看两个初中生走出五六米，我又叫住他们。当时我脑子里没有想太多，只是觉得这事还是得自己来。

2010年5月13日，我走进市公安局。

门口执勤室的警卫伸手拦住我，询问来历。我说自己是过来报案的，有很重要的线索和证据，需要当面和警察谈。

警卫审视我一番，没问具体的案件情况，递过来一张表格叫我填写姓名、身份证号等个人信息。警卫拿起座机拨通号码，挂断后让我稍等。没等多久，有个女警官走进来，确认是我报案以后，便领我往办公楼走。

在路上她问我："我们这里是市公安局，只对刑事案件立案，民事纠纷和治安案件你得去派出所，这个你了解吗？"我说知道的。

她又问我："你说自己知道很重要的线索，是关于哪一方面的？"

我犹豫几秒钟，才回声："是一些毒品的线索。"

女警官听完我的话停下脚步，转了个身，带我走向另一栋办公楼，边走边对我说："那我直接带你去缉毒科吧。"

因为涉毒案在这边十分普遍，公安局经常会接到电话举报，或有知情人上门报案，所以对我的报案也习以为常。

我开始是被安排在一个单独的会谈室，有桌子椅子，空调开着，屋内很凉爽，对面坐着两个缉毒警，一老一少，是经验丰富的警官带着刚出警校的新人协同办案。

我坐下后，老警察还给我泡了杯茶，叫我不要紧张，知道什么说什么就行。

负责问话的是年轻警察，皮肤比较白嫩，坐在椅子上腰板挺得很直，在例行询问了姓名、籍贯、地址这些个人信息以后，问我："说说你在什么地方看到有人吸毒？"

可能以前的报案人，大都是目击群众类型，提供的多是聚众吸毒窝点之类的线索，造成缉毒警下意识认为我也是举报这方面的事情。

我坐在椅子上，屁股挪了挪，端起茶杯喝了口水。水很烫，我又赶紧吐了回去。

老警察又一次叫我不要紧张，把想说的说出来就行，他们就是在第一线的缉毒警，肯定会保证我的人身安全，让我千万不要有顾虑。

我深吸了一口气，从我在坝子哥手下做事开始说起，到被四爷逼着去往金边坡，接着在金边坡跟着猜叔混，再到逃回国内躲藏。

大概说了得有几十分钟，把自己了解的关于"边水"生意方面的事全都讲了出来。

我沉浸在自己的叙述中，等回过神来，才发现两个警官看着我，半晌没说话。

等了好一会儿，年轻警察开口问我："你今天没有喝酒吧？"

还没等我回答，老警察就接过话茬："你能确保自己刚才所说的内容都是真实可靠的吗？你要知道虚假报案的后果十分严重。"

我向他们保证，自己刚才讲的内容都是亲身经历。

老警察盯着我看了很久，重重地点了下头，叫年轻警察待在房间里，他出去找领导。

过了十分钟，老警察回到房间，让我跟着他去审讯室。

审讯室大概二十平方米，只有三把铁质椅子和一张长条桌，墙壁挂着闹钟，我背对着看不到时间。

在我坐下来的时候，年轻警察抽出椅子上的铁板想把我固定住，老警察阻止了他，给我倒了一杯白开水，叫我坐在位置上稍微等一会儿，就拉着年轻警察走出门。

大概有半小时的时间，我一个人坐在空荡的审讯室里，浑身难受，觉得背上特别痒，自己又挠不到。正犹豫要不要叫人的时候，门被打开了，进来的是位男警官，姓陈。

陈警官肩章上的警衔很高，脸型方正，剑眉星目，身材魁梧，让人一见面就能产生信任感。

他还带了一个负责做记录的女警察，开口第一句就问我："如果你所说的内容存在虚假信息，我们将依法把你拘留十五天，希望你能明白这一点。"

陈警官接着说了第二句话："你把之前说的内容再重复一遍。"

我照做了。在我讲话的过程中，陈警官打断过几次，询问一些普通人不太关注的细节，比如四爷的具体长相、坝子哥的公司名字、在金边坡运货所开的车辆、货物接头人使用的语言等等。

我进去以前，认为警察一定会询问我坝子哥的黑车生意、放贷规模、收贷的违法行为有哪些等问题，但是好像包括陈警官在内的警察都对这些不感兴趣，他们只是一个劲地和我核实金边坡运货的事实。

等我全部交代完以后，陈警官又问我有没有什么证据可以证明我所说内容的真实性。

我站起身来，从内裤里掏出离开金边坡时候拿的笔记本，上面记载了运送货物的数量、种类、时间、接头人等信息。

陈警官接过笔记本，看到里面都是用简单的数字符号记录，就问我具体的含义。

我说圆圈里一个叉表示方便面，吕字代表可乐，占字则是面巾纸等等。

陈警官又问我有没有境内的接头人，我说就知道两个人。

听我这么说，他就叫了一个警察进来，让我详细描述一下身高面容。那警察根据我的叙述，很快就画出人物画像，经过反复比对更正，总算确定这两个人的真实样貌。

做完这件事以后，已经到了吃饭时间，陈警官说我现在还不能走出审讯室，就让女警察去食堂打了饭菜送进来。

在等吃饭的这段时间，陈警官没有再问话，反而和我唠起家常，问我的家庭状况、学历爱好、为什么远离家乡等问题，我都如实回答。

"你也不容易。"陈警官拍了拍我的肩膀。

我不知道该怎么回答，只是问他能不能给我一支烟抽。

当天的饭菜挺丰盛,两荤两素,女警察还特意给我带了一大碗鸡汤。

吃完以后,陈警官说这件事关系重大,可能要辛苦一下,问我介意不介意?我摇头说不介意。

接下来的七八个小时,我都在重复叙述整个过程,陈警官则一遍遍地追问细节,后来发展到我在坝子哥身边收过贷的客户姓名都要回忆。

虽然审讯过程很辛苦,但是睡觉这方面倒是没有亏待,公安局有独立的休息室,被子床单都还干净,半夜饿了还能吃碗泡面。

接连几天,我都处在高压环境中,有时负责询问的警官会故意说错一些信息,我一旦没能及时发现,他们就会在这个问题的基础上反复追问,搞得我精神特别紧张。

直到现在,我被人问同一个问题三遍以上,还是会烦躁。

终于等到笔录做得差不多,事情也交代完全以后,陈警官就拉我到走廊透透气。

他问我想要烟不?我赶紧说,想很久了。

陈警官就丢给我支烟,又拿了打火机给我点上。

"你现在还不能出去。"陈警官等我把烟吸完才说道。我说自己当初进来的时候就有这个心理准备。

陈警官看着我,说已经立案,但这案子太大,他们得把我转移到看守所,这是为了破案,也是为了我的人身安全,希望我能理解。

他又问我有没有想要联系的亲人朋友,他可以破例让我打个电话。

我想了一会儿,最后拒绝了。

2010年5月18日,我被关押进看守所。

也许是作为证人的缘故,我在看守所的日子还算比较惬意。

人进去的时候本来会被要求冲冷水澡,但是我没有。我直接被狱警带到一号囚室,里面有四张床,只住我一个人。

每天早上6点半铃声响起,要求所有人出操,这时候我就被副所长带到他的办公室,拿着他丢给我的烟,自己倒杯茶找个位置坐着。因为办公室的窗户刚好可以看到操场,我就站在窗边看着操场上的犯人们跑步,一二一喊个不停。

等到下午,除了当天轮岗做值日的犯人以外,其他犯人都被要求串珠子,就是拿一根红线串各种颜色的珠子。我喜欢串珠子,这让我心里感觉平静。

晚上7点钟,大家都已经在囚室里吃完饭,全都集中在会议室,排排坐好看新闻联播,中间不允许交谈,一旦发现有人交头接耳,马上就会有狱警过来警告。

8点半大家准时睡觉,我就躺在床上翻来覆去睡不着。听隔壁的狱友说,相同类型的罪犯都会被关押在一起,我却是单间。

隔壁的狱友可能也很孤单,就对着墙壁敲三声,我回应他三声。周而复始。

中途陈警官过来看过我三次,每次都往我的饭卡里充500块钱。没蹲过看守所的人可能感受不到,当狱警把有人朝你卡里打钱的纸条递过来的时候,那种欣喜的感觉。

我特别感谢陈警官。

看守所的日子可以用枯燥无聊来形容。混得久了,自然也听过很多狱友讲述自己的故事,无外乎是为情、为钱、为家人,每个人都在拼命粉饰自己的犯罪经历,根本不肯承认是欲望或者愤怒作祟。

看守所里所有编号的囚室都有个老大,多半是杀人犯,脚镣手镣都带着。

住在对面的狱友问我:"为什么我看起来一点也不害怕杀人犯?"我笑着说自己是从金边坡回来的,什么人没见过。

闻言所有人大笑。

看守所里打架斗殴其实不太多,我和人比画过两次,也没什么矛盾,双方只是发泄一下过剩的精力。我每天做梦都想听到狱警过来喊我:"沈星星,把你的衣服脱了。"这意味着出狱的喜讯。

可是我左等右等,等了三个多月,才终于听到这句话。

2010年8月30日,我离开看守所。

走之前，狱警问我需不需要把在里面买的牙刷毛巾带走，我赶紧挥手说不用。

刚走出看守所大门，我就看到站在警车旁边的陈警官，他先丢给我支烟，又丢了个打火机过来，说道："案子已经告破，但是起诉还要一段时间。你必须待在昆明，时刻和我保持联系。"

"那我应该是没事了吧？"我贪婪地把烟屁股都抽干净了。

陈警官只是看着我，没有给我保证。但我明白陈警官的意思，冲他拱了拱手。

陈警官看着我，突然笑了起来。我问他笑什么？

"没什么，就是觉得你有精神，不像是刚放出来的。"

我也笑了一下，说相比较之下，还是在看守所的日子轻松点。

陈警官问我以后有想过做什么吗？我摇头，说自己可能会去读书。

陈警官赞同地点头，说读书好，叫我以后别再走歪路了。我又在昆明待了半个多月，直到有天晚上陈警官发了一条短信给我：明天看新闻。

四爷不仅做"边水"生意，还负责一条小拉孟到国内的毒品路线，陈警官依靠我提供的线索，把这条运行多年的线路一网打尽。不仅缴获大规模毒品，还把该线路上各个据点的负责人都抓捕归案。

一切终于尘埃落定。

四爷和另一个头头被判死刑，坝子哥等头目无期徒刑，剩下的一些马仔也被判处十来年不等。

我因为符合《刑法》第六十八条：犯罪分子有揭发他人犯罪行为，查证属实的，或者提供重要线索，从而得以侦破其他案件等立功表现的，可以从轻或者减轻处罚；有重大立功表现的，可以减轻或者免除处罚。

陈警官说，我在这起大案中提供了重要线索和证据，自己也确实没有参与贩毒行为，算是有重大立功表现，经过内部讨论决定，免除我的刑事处罚。

案子一结束，本想复读一年考个大学，后来觉得不切实际，就报考了一个成人大学，学的专业是法学。

学校的生活很舒适，每天按时上下课，踢踢球，和室友一起打游戏，出门唱歌通宵，节假日大家一起出门玩耍，一切似乎都回到正轨。

只是偶尔会在梦里遇见，那个快被我忘了的金边坡。

"迎水"利润很大，活儿也很轻松，把泡面、火腿肠、矿泉水搬上车，盖上遮雨布，走5小时小路，把货卸到一栋平房里，我的任务就到此为止了。

猜叔的老婆以前很爱听几十年代港片里的流行歌，他会叫人录成磁带。当猜叔躺在躺椅上的时候，屋子里只有香港老歌的声音流过。

"边水"的工作轻松赚钱又多,危险性看上去也不大。我闲暇时窝在房间里看电视,眼睛酸了就把钓杆伸出窗外钓鱼,日落后听河风吹过竹屋的声响,几乎找不到一丝不满意的地方。

我整个人都软下来，长长出了口气，赶紧面向这两人倒退回车上。我不敢让他们消失在我的视线里，生怕在我背后开一发冷枪！

猴王的儿子是他养的三只白眉长臂猴，毛发黑褐色，两边眉毛是白色，智商不高，很好哄，陌生人给点吃的就会消除戒备。平常没事的时候，猴王就爱带它们出门溜达，别人遛狗，他遛猴。

河上恰好有当地富人家结婚。一艘艘小木船顺流而下,船上挂满五色彩灯。头戴圆形草帽,身穿艳丽服装的女人跪坐在船舱,嘴里念念有词,将满满一船的瓜果,丢向岸边的人们。

缅邦尚佛，哪怕是最凶残的毒贩，对佛也还算尊重。但据说糯康杀过好几个高僧，在缅邦是很严重的罪行。

安全说这里人像豺狗，狼只有很饿的时候才会吃尸体，而豺狗先生就喜欢吃死人的。

一个工人打开铁笼子的门，拉住猴子脖子上的链条硬拽。除了被抓的猴子，其他猴子并没有发出声响，只是趴着，把折断的前肢放在嘴边，直直地盯着人类。

美国人贾斯汀来缅甸做公益，在临时搭建的帐篷内给达邦的孩子们授课，教导孩子们读书认字。

作者专访

Q1. 你把自己的经历写成了书，在其中最想表达的是什么？

答：我的朋友不多，找不到可以谈心的人，写字会让我平静。回溯过往的经历，重新体会当初发生过的事，看着熟悉的人出现在电脑文档里，让我有一种恍惚感，这种感觉有时会让我晕厥，但有时会让我非常开心。

大概我想表达的东西，就是告诉看过这本书的人，尽量开心地活着。毕竟这世界上的许多人，连活着都很艰难。而且，当你走到生命的结尾，别人回忆起你，只有短短的几行字而已。

Q2. 如果当时去金边坡的是现在年纪的你，哪些事情会有改变吗？

答：这个问题我曾经想过。我觉得孩子都是不规则的图形，进入社会后，无数不规则的图形相互践踏，慢慢磨成了一个个圆。圆和圆的接触，只有一个点，这个点就是你最想展示的东西。大人们管这个点叫作优点，而你以为这就是成熟。

金边坡不是这样的，它格外野蛮，在里面的所有人浑身都长着刺。一个圆来到这样的环境，只会遍体鳞伤。

如果我是现在的年纪，也许认识的人会更多，经历的事会更有趣，但并不能改变任何事，反而自己会埋葬在那边。

举两个最简单的例子：

①我在金边坡生活，依靠的人是猜叔。猜叔经历过战乱，体会过疾苦，见过太多自认为圆滑的人。他欣赏这种人，但是不会保护他们。

我再也不会像以前那样，肆无忌惮地说话。我不敢惹猜叔生气，被他打骂后还不知悔改。圆滑在这时候，是一个贬义词。

②贾斯汀是我在金边坡，感到最遗憾的人。他有很好的家世，帅气、爱笑、勇敢，眼里充满希望，想要改变世界。

我现在不会和这种人成为朋友，因为他们太过理想化，这种人像一面哈哈镜，映射的都是扭曲的自己。可能，在见到他的时候，我就会发出嗤笑，选择远离。

而他的结局，仍然是沉入水底。

Q3. 如果出生在金边坡，你觉得自己可能会变成哪种角色？

答：如果我遇到一户好家庭的话，可能从小就会去当僧人，虽然能保证饿不死，但是我的胃天生不太好，大概率适应不了过了中午不吃饭的苦行规定。也可能会在公益组织兴办的学校里读书认字，大了一点就被家人送去饭馆打工，或者早早学会中文，在边境线上做一个导游，进入中国工厂做工人，驾驶着突突车在街上拉客。亦或去赌坊当一个侍应生，每个月吃饱以外，能往家里寄钱，养活父母,但是我说话太直,心中没有敬畏,容易得罪人,应该做不到管事的地位,也发不了财,勉强活着。只希望能娶到一个不丑的老婆。

要是运气特别好,就会跟着一个巫师,从小被带在身边,二十来岁的时候独立门户,往返于各个深山老林,治病救人。缅邦巫师的地位很高,在偏远山区受人尊敬,只要懂的一点医术,把药混在水里,说是巫水就行。但是很多巫师都有暴力倾向,喜欢拿鞭子抽人,他们都说没抽死过人的巫师,是没资格行医的。

如果我运气不好,生在一户普通的烟农家里,只能靠吃稀饭长大,一个月得吃十来天,小时候还能一日三餐,大了点就只能吃两顿;抑或在年纪很小的时候,被卖去当童兵,端着枪,吸着毒,每天除了训练,就是相互之间争斗,或者更惨点,变成街边的小蜜蜂(童妓),有一个小小的固定工作房间,接接最底层的散客。但是金边坡对同性行为非常歧视,我大概得生活在最阴暗的角落,活的像一具尸体。

Q4. 你相信那些戏剧化的"命运""上天注定"之类的说法吗?

答:我讲个故事吧。我出生在沿海,距离昆明2111公里,除非是选择大学,不然按照我正常的生活轨迹,是不太可能来到云南的。

我为什么会过去呢?十八岁,我离家出走,当时什么想法都没有,只是迫切地想要离开家。我在火车站外面的空地上，站了一个晚上。第二天一大早，雾气最浓的时候，我开始排队买票。等了大概有半个多小时，终于轮到我。站在窗口前，我竟然不知道自己能去哪里。

售票员催促着问了两遍话，露出不耐烦的神情，我才转头指着在我前面，刚买完票的人说："和他一样。"那人去昆明，我也去了昆明。

"和他一样。"就四个字，我却改变了一生。

大部分的人生，是学校、上班、结婚、生子，命运其实无关紧要。因为你体会不到。也许你距离命运最近的一次，就是高考填报的志愿。但也只是说一句，运气不好，并不会牵扯到命运这么大的话题。

我觉得，只有真正经历过生老病死、悲欢离合，才能逐渐明白，可能我今天九点十分做的决定，同九点十一分，并不一样。

我相信命运。

Q5. 你接触"天才捕手计划"的经过是怎样的？

答：这个事说来就有点长了，我简单提下。

原来我交往过一个女朋友，她喜欢看故事，就在微信上给我推荐了一个公众号，那个号算是比较出名的。她和我说："你不是老说自己以前的生活很精彩嘛，那就去写一写，我想看看有多精彩。"

我很爱她，愿意为她去做这件事。当晚，我就把自己出发到云南，在昆明的生活，进入金边坡，写了出来，大概有一万多字。

可惜没被录用，据说领导看了以后，说了句什么玩意儿。但是当时负责审稿的编辑说，这个故事她喜欢，让我试着投其他的平台。

我本着不浪费的原则，又换了几个平台，转手到我的编辑陈拙手里。我记得是2017年的六七月份，陈拙看了以后，把我叫到北京，当面聊了很久，才有了现在的许多故事。

我开始根本不会写，完全是陈拙手把手带出来的，我很感谢他。哪怕一些不想讲的事，只要陈拙想听，我都会说给他听。

Q6. 对于看了书之后对金边坡充满好奇，想去缅邦旅游的读者，你想说什么？

答：如果去旅游，跟一个好点的旅行团，在旅游城市玩玩就行，不要追求刺激去偏远的地方，特别是民族武装冲突激烈的。其实那就是贫困地区，要是想体验生活，去祖国西北，随便找一个山沟沟就行。

任何地方的穷人，都是一样的。金边坡除了危险一些，没什么区别。

Q7. 你写完回国报案，进入大学后，有这么一句话，"一切似乎都回到正轨"，后面还发生了什么？

答：我给警察当了一段时间线人，如果有机会，就等到第二本书里讲吧！